連結時の
昇降式EOセンサー・マスト
低視認性ソーラーパネル
トイレ
水タンク
キャビネット
連結時の指揮通信専用
［メグ］側の後部
上下三段の蚕棚ベッド
YACHIYO-LOGISTICS
シャワー室
脱衣スペース
低視認性ソーラーパネルが
貼られたウィング・タイプ
サイドパネル
水タンク
ソファセット
冷蔵庫
テレビ
キッチン
食卓テーブル
換気扇
排水タンク
給湯器
簡易組立式三段
LPガスボンベ
フェイズド・アレイ・アンテナ
［ベス］側の道板
ルーフエアコン
YACHIYO-LOG
緊急時脱出口
■サイレント・コア
指揮通信用特殊車両［ジョ
全長 11.98m
全幅 2.49m
全高 3.78m
総重量 11,500kg
最大積載量 13,300k

パラドックス戦争 [上]

デフコン3

大石英司

Eiji Oishi

C★NOVELS

口絵・挿画　安田忠幸

目次

登場人物紹介

【日本】

●陸上自衛隊

《特殊部隊サイレント・コア》

土《ど》門《もん》康《こう》平《へい》　陸将補。水陸機動団長。

〈原田小隊〉

原《はら》田《だ》拓《たく》海《み》　三佐。海自生徒隊卒、空自救難隊出身。

畑《はたけ》友之《ともゆき》　曹長。分隊長。コードネーム：ファーム。

高山《たかやま》健《けん》　一曹。分隊長。コードネーム：ヘルスケア。

大城《おおしろ》雅彦《まさひこ》　一曹。土門の片腕として活躍。コードネーム：キャッスル。

待《まち》田《だ》晴《はる》郎《お》　一曹。地図読みのプロ。コードネーム：ガル。

田《た》口《ぐち》芯《しん》太《た》　二曹。部隊随一の狙撃手。コードネーム：リザード。

比《ひ》嘉《が》博《ひろ》実《み》　三曹。田口の「相方」を自称。コードネーム：ヤンバル。

吾《あ》妻《づま》大《だい》樹《き》　三曹。山登りが人生だという。コードネーム：アイガー。

〈姜小隊〉

姜《かん》彩《あや》夏《か》　二佐。元は韓国陸軍参謀本部作戦二課に所属。

漆原《うるしばら》武富《たけとみ》　曹長。小隊ナンバー２。コードネーム：バレル。

福留《ふくとめ》弾《だん》　一曹。分隊長。部隊のまとめ役。コードネーム：チェスト。

井《い》伊《い》翔《かける》　一曹。部隊のシステム屋。コードネーム：リベット。

（訓練小隊）

甘《あま》利《り》宏《ひろし》　一曹。元は海自のメディック。コードネーム：コブラ・アイス。

各務《かがみ》成文《しげふみ》　三曹。新人隊員。母校の大学レスリング部の教育補助要員。コードネーム：フォール。

峰《みね》沙《さ》也《や》加《か》　三曹。新人隊員。特技は山登りとトライアスロン。コードネーム：ケーツー。

花《はな》輪《わ》美《び》麗《れい》　三曹。新人隊員。北京語遣い。母は台湾出身。コードネーム：タオ。

駒鳥《こまとり》綾《あや》　三曹。新人隊員。特技は護身術。コードネーム：レスラー。

瀬島果耶《せじまかや》　士長。新人隊員。〝本業〟はコスプレイヤー。コードネーム：アーチ。

《水陸機動団》
司馬光《しばひかる》　一佐。水機団の格闘技教官兼北京語講師。

●航空自衛隊
・航空支援集団
《第一輸送航空隊》
別府克彦《べっぷかつひこ》　空自一佐。副司令。

●神奈川県警
柿本君恵《かきもときみえ》　警視正。警察庁サイバー犯罪対策班班長。
佐渡賢《さどけん》　警部。青葉署署長時代の柿本の部下。

●某大学
姉川祐介《あねがわゆうすけ》　教授。専門は生体工学。柿本の大学時代の恩師。
三原賢人《みはらまさと》　准教授。BMI（ブレイン・マシン・インタフェース）の新鋭、電子光学と生物学の博士号を持つ。

●その他
原田萌《はらだもえ》　原田の妻。旧姓名は、孔娜娜《コンナナ》／榎田萌。専業主婦だが、実は天才科学者。
剛《クオン》　ベトナム人の男の子。

【中国】

●遼寧省人民警察東京出張署
周 宝竜《ヂョウバオロン》　一級警督（警部）。署長。半年前に来日。

●人材スカウト会社
賀宇航《ホーウーハン》　博士。精華大学出身の理学博士。

【アメリカ】

●空軍

トミー・マックスウェル　空軍大佐。魔術師《ソーサラー》ヴァイオレットとは旧知。

●海軍

レベッカ・カーソン　海軍少佐。魔術師《ソーサラー》ヴァイオレットの秘書で、戦闘機パイロット。

●国家安全保障局言語学研究所

サラ・ミア・シェパード　博士。ＡＩ言語学者。

●エネルギー省ペンタゴン調整局

魔術師《ソーサラー》ヴァイオレット　ミッション・リーダー。本名不詳。左腕に義手。“六〇〇万ドルの腕を持つ女”の異名を持つ。

【火星】

カーバ・シン　博士。ミッション・コマンダー。

アラン・ヨー　博士。メカニック・ディレクター。

リディ・ラル　博士。パイロット。進化生物が専門。医師の博士号も持つ。

アナトール・コバール　博士。パイロット。元はエジプト文明とマヤ文明を専門にする考古学者。

パラドックス戦争　上　デフコン3

プロローグ

窓の外に、荒涼とした赤い景色が広がっていた。緑は無く、山も無い。遠くに丘があるはずだったが、日中起こった砂塵のせいで今は見えない。

それは、一見すると窓だ。だがそれは窓ではなく、高精細のモニターだった。外は放射線が強く、断熱のためにも、窓を作るような余裕はなかった。

そこに映し出されている景色は、屋根に設けたカメラからのライブ映像だ。

二人のパイロットは、その代わり映えのしない外の景色を眺めながら、すでに二時間待機していた。

その狭い部屋のことは、コクピットと呼ばれていた。操縦に集中できるよう、わざと狭く作ってある。防音構造だが、エアコンの音は少しうるさい。

操縦席にジョイスティック型の操縦装置もあるにはあるが、実際に使われることはない。そして彼らパイロットは飛ぶのではなく、ダイブ――、潜る、とその作業を呼んでいた。

事故に備えて、宇宙服を着てリクライニング・シートに座る二人のパイロットは、アームスタンドのモニターに作業スケジュールを呼び出して手順を再確認していた。

これから二人のパイロットが行う作業は、人類初の月面着陸に匹敵する偉業と位置づけられている。遅延は許されなかったが、そもそもが、この作業自体、予定より三年も遅れているのだ。

　長い年月を費やし、全てが、この日のために用意された。ロゼッタ渓谷から五マイルの位置にまず研究用のベース・キャンプ〝サイト・α〟が設けられた。二〇〇トンを超える資材がわざわざ地球から運ばれてきた。

　その施設の建設だけで、三〇体の建設用ロボットを使って二年も要した。

　ベース・キャンプが完成する前に、ロゼッタ渓谷の深さ二〇〇メートルの底までドローンを降ろし、ミューオン他を使っての内部構造の調査が始められた。

　コールド・トラップと呼ばれる凍り付いた地面が、渓谷の底にあった。

　渓谷の下まで降りるエレベータが地上との間に建設された。発見されたその横穴の出入口は〝ヘブンズゲート〟と名付けられていたが、そのハッチの外に、エアロック1、エアロック2と名付けたアプローチ用ルームも建設した。

　地上でも遺跡の捜索が続けられたが、芳しい成果はない。だがどこかに彼ら遺跡の持ち主たちの足跡があるものと信じて、それは今もまだ続いていた。

　コクピットは、そのサイト・αの一角に設けられていた。

　メカニック・ディレクターのアラン・ヨー博士が、二人のパイロットの前で「冗談じゃない……」と小声で漏らした。

「これでは、作業終了時刻が二時間は延びることになる。一〇年も準備してこれか……」

　間もなく、火星特有の青い夕焼けがやってくる。すでにマイナー・トラブルのせいで、作業開始が押しまくっていた。発射台に据え付けられた宇宙ロケットの発射時刻が延びるようなものだ。これ以上延びるようなら、いったん作業を中止し、日を変えてまたスケジュールを再設定する必要が出てくるだろう。

通信が入り、部屋の中央に、マーズ・コントロールのミッション・コマンダー、カーバ・シン博士の顔が浮かび上がった。

マーズ・コントロールは、火星初の街、ガリレオ・シティにある。生成物《レゴリス》で作られた半地下の地上施設だった。

シン博士の映像はホロ映像だが、それほど生々しくはない。せいぜい微表情をつかめるという程度の解像度だ。本物の彼は、白髪が目立つが、この生首は薄い緑色の単色表示だ。だが、彼の声は、その空中に浮かび上がる生首から聞こえてくる。

「すまなかった。地球側の、カンパニーの用意が出来たそうだ。彼らは、エンジニアでも科学者でもない。政治家というのは、いつの時代もルーズなものだ。パイロットは問題ないね？」

「ケーブ・チーム全作業員をレベル0まで撤収させる。すぐエレベータで上がってくれ」

ヨー博士が、渓谷の底で待機していたチームに撤収を命じた。

二人のパイロットは、問題ないという印に、右手の親指を立てて見せた。もう何十回とシミュレーションした。訓練は完璧。あとは、実際にそこにいくだけの話だ。

「地球では今、君たち二人の経歴を紹介しているよ。初の人類火星着陸時以来だろう、こんなビッグ・イベントは。どんな不測の事態が発生するかわからないので、生中継こそないが、映像はカンパニーの了解を得て、ただちに公開されることになっている」

「シン博士。スケジュールを進めていいですか?」とヨー博士が急かした。

「もちろんだ。ヘブンズゲートを破壊してくれ」

ヘブンズゲートが発見されたのは偶然だった。渓谷の下に眠っているはずの氷床を調査していたドローンが、渓谷の底から、崖の奥へと開いた空間を発見した。最初それは、月でも見られるありきたりな溶岩チューブだろうと思われた。

月でも火星でも、人類はそこを居住スペースとして利用している。降り注ぐ隕石や宇宙放射線から身を守れるからだ。

だが、そのトンネルには出入口は無かった。それも不思議なことではない。長年の間に、崩落や何やらで、かつてはあった入り口が塞がれたのだろう。

状況が変わったのは、氷床の在処を探るための音響探査を開始してからだった。周囲の岩壁とは違う物質で作られた、幾何学的な形状が浮かび上がった。誰かが、そこに人工的な壁を作っていた。人工的なドアがそのチューブの中にあった。そこはエアロック構造のようにも見え、さらに調査が進むにつれ、横穴の中に、何かのエネルギーが発生していることも確認された。

これらが判明するまで五年間が費やされた。カンパニーは、そのロゼッタ渓谷の何かを、異文明の遺跡と判断し、ベース・キャンプを設営しつつ、科学的調査の方法を探った。

最初に出た案は、真上からその空間に向かってボーリングし、穴からドローンを入れて内部調査するというアイディアだった。

しかし、その穴の真下に何かの重要な機械や文明遺産があった場合、破壊しかねないということになって却下された。

ふつうにハッチらしき場所を開けることは出来

ないのか？　と可能性が探られたが、長年の経年劣化のせいで、ハッチ外側にあっただろう構造物はすでに風化脱落し、取り付くことは出来なかった。

ちなみに、推定されるその知的生命体の身長や大きさは、人類と同等であろうと推測された。そして、その空間のハッチが作られたのは、レゴリスによる軽質セラミックで出来たハッチの風化の程度から推測して、今から二、三千年前後の昔ではないかと見られていた。太陽系の歴史からすれば、ごくごく最近のことだ。

つまり、その頃動いていた、何かの動力源が、今もまだエネルギーを持っているのだ。

ハッチは、火星のレゴリスで生産された軽質セラミックで出来ていた。

そのヘブンズゲートのハッチ部分に、今は覆い被さるように工作機械の装置がはめ込んである。

ヨー博士の指示を受け、ハッチ部分、すなわち〝ヘブンズゲート〟の破壊作業が始められた。

まず直径一センチのドリルでハッチに穴を開けてエアロックの中を探った。気圧を測り、続いてレーザーがハッチを切っていく。だが最後は、ロボット・アームのメカニカル・カッターで壁を慎重にくりぬいた。

破壊したハッチを手前に引き抜くと、ドローンが前進して、内部の映像を送って寄越す。間違いなくエアロックだ。ガラス窓や、内側のハッチを開けるレバーもある。だが、文字のようなものはまだどこにも無かった。

ガラス窓と思しき部分は、長年の劣化ですすけていた。窓の向こうは全く見えない。

ハッチのドア部分は、幅一五〇センチ。高さも二メートルほどだ。地球人なら、宇宙服を着て、自由に出入りできる十分な大きさだ。

向こうの気圧がわからないので、ここでも、ドリルでまず穴を開けた。気圧は外と変わらず、大気成分が即座に分析されたが、それも外と変わらない。恐らくこれも風化が原因だろう。

ミッション・コントロールで見守っていたエンジニアたちが、外部と空気交換するためのパイプ類が見当たらないことに違和感を表明した。ここはガレージではなく、研究や生活空間として利用されたと推測していたからだ。

どこかに露出しているはずのパイプを探して何年も調査が行われたが、その空間から氷床へ降りているパイプ以外の痕跡はまだ見つかっていなかった。

ヨー博士は、二人のパイロットの真正面に立った。

「では、リディ・ラル博士、アナトール・コバール博士。ゴーグルを装着してくれ。デバイスを接続する」

「これ、別に私たちがジョイスティックで操縦しても同じなのよね……」

とラル博士がぼやきながらゴーグルを受け取った。それは、視覚情報を遮断し、同時に脳波を計測するためのもので、投影装置の類ではなかった。

「今ごろ、それを言うのかね……」

とヨー博士が呆れた。

「人類の偉業、新たな地平を切り拓くための作業だ。歴史に残る。二名のパイロットは、最先端の技術を駆使し、完全自立型シンスを手足を動かすことなく操縦してそれを成し遂げたという事実が必要なのだ」

「テスト・パイロットの何人がそれで廃人になりましたっけ？　あれ、不意に回線が切れると目眩《めまい》がするのよね？」

「戦闘機に人が乗っていた頃の９Ｇよりはましだ

ろう。あるいは、ヘルメット・ゴーグルとか被って3D酔いで吐きまくっていた頃よりは、格段に改善された」

「彼女の良い所ですよ、博士。場を和ませてくれる」

コバール博士は、ゴーグルを装着する前に、同僚に右手を差し伸べて軽く握手した。

「じゃあ、行きましょう！　人類のファースト・コンタクトへ――」

頭蓋内に埋め込まれた非接触型センサーとデバイスが同調すると、地下プラットホームに置かれた人型ロボット二体が起動した。

ヨー博士は、コクピットを出て隣の管制室へと移り、ヘッドセットを被った。

「シンクロ率上昇中、ラル博士は九五パーセント、コバール博士は、八九パーセント。悪くない。支障は無いだろう。特に、このプレッシャー下で、九五パーセントものシンクロ率を叩き出すラル博士はたいしたものだ」

「私、セクサロイドのパイロットにはなれないわね。あの人たち、一〇二パーセントとかシンクロ率が行くらしいから」

「それはシステム上ありえないな。九九パーセントが限界値だ。それを越えたらただの詐欺か、エスパーということになる。動いてくれ」

二人のパイロットは、二体のロボットが置かれたケーシングから上体を起こした。少し腹筋に力を入れると、簡単にそれは起き上がった。

その人型ロボットのことは、〝シンス〟と呼ばれていた。語源はよくわからない。前世紀以前のゲームかSF小説の名残だという噂もあったが、最初、人が操縦するロボットは、他の自立型アンドロイドとは完全に区別されていた。

だが、その区別はあっという間に困難になった。

形骸化した。喫茶店で楽しく喋っている相手がロボットなのか、それとも人間が操縦して喋っている〝シンス〟なのかを判断するのは難しかった。

技術は、あっという間に一線を越え、完全アンドロイドに、時々、生身の人間が入って操縦するようになった。こうなると、シンスとアンドロイドの境目、人間の境目すら怪しくなる。

たとえば、人間として採用されながら、時々、自分とうり二つの分身を登校させる教師が出始めた。アンドロイドの教師は、主人の癖や語り口、性格を完璧に模倣し、教室での授業も完璧にこなした。職員室の人間関係も無難にやり過ごし、夜は、愛してもいない伴侶との営みまで完璧にこなせるまでに進化した。

実際、シンスとの結婚は、今や多くの地域、民族で承認されていた。幸いなのは、シンスはまだ高価で、誰でも買える代物ではないということだ。

だが、人間の労働の九割はシンスで代替できる時代になった。シンスを量産できるビッグ・カンパニーが生まれ、労働の意味が崩壊したことで、国家は解体された。今は、企業連合が地球を治めている。民族紛争は今もある。先進国の暮らしは激変したが、アフリカは相変わらず貧しいままだ。

リディ・ラル博士は、コバール博士の前で腕を動かして見せた。

二人が乗り込んだロボットは、世間では〝労働者《レイバー》〟と呼ばれるタイプだった。デザインは一九七〇年代風。四肢はほぼ直線で構成され、頭部はいかにもな形で、口は無い。不気味の谷を克服するためで、わざとチープなデザインで作られた。もちろんセックスの機能もない。それ以外は、家政婦でも工事現場の高所作業でもやってのける。

指も五本ずつある。ただし、服は着ていないし、もちろん靴も履かない。しかし、動くたびギーコギーコとモーター音がすることもなかった。

ポリ・フレームの胴体は、白く塗られている。知的生命体との接触に備えて、左胸の所に地球を模した青いイラストが描かれている。

宇宙服を着た人間がそこにいかないのは、諸々の安全リスクを判断してのことだった。

「マーズ1、異常なし」

「マーズ2も異常なし」

「了解。前進を許可する。ところで君たち、何か気の利いた台詞は用意してあるだろうね？」

「その瞬間に覚えていたらね……」

エアロックのハッチを開くはずの大きなレバーは、固着状態にあった。どうにか動かそうと試みたが、内部のメカニズムが破壊されていることは疑いようがなかった。

結局ここも、レーザーとメカニカル・カッターを使って切断するしかなかった。

破壊してこじ開けたハッチはサンドウィッチ構造になっていて、恐らく放射線を遮るための金属プレートも何層か挟み込まれていた。

ここから先は、ドローンは飛ばさないことになっていた。シンスを使うとは言え、人間が、その目で歩いて直接確認することになっていた。

溶岩チューブの中は、コンクリートで壁と天井が作ってある。幅は、一〇メートルほど。天井の高さは三メートルほどある。

二人のシンスは、視界を確保するためのランタンを置いていきながら前進した。

「少なくともこの異星人は、立方体の概念を持ち、高度な工作技術も持っていたことは事実だな」

と考古学者のコバール博士が言った。もとは、エジプト文明とマヤ文明の研究者だ。ロゼッタ渓谷の大発見以来、この研究に取り憑かれ、五年前、火星に移住してきた。

部屋の中央に何かが崩れた跡がある。水平部分の名残からして、テーブルだろうと思われた。幅は三メートルほど。奥行きは五メートルほどのテーブルが崩れた跡だった。

天井には、ライトらしきものが埋め込まれていた跡もある。

ラル博士は、その聖域に入ってから三分ほど経ってようやく口を開いた。

「私は、リディ・ラル博士です……、人類が、他文明と接触できる日が来るまで生き延びたことに感謝します。そして、彼らがどういう知的生命体であったにしても、この発見が人類の更なる飛躍に貢献してくれることを期待します――」

奥の部屋への隔壁があったが、そこは部屋の天井、構造体を支えるための柱の役割を果たすもので、プライバシーや、何かの目的があって部屋を分けているものでもなさそうだった。ドアの類いはなかった。開口部は幅二メートルはある。

「ここにあるものの恐らくほとんど全てがレゴリスから作られている。宇宙船で持ち込まれたものは僅かだろう。宇宙船で来たとすればだが……」

コバール博士が解説しながら前進する。

二人は、第2室へと進んだ。外からのセンサー調査で、学者たちが〝棺桶ルーム〟と名付けた部屋だった。壁際に、箱形の入れ物が二個タンデムに置いてある。ケーブル類が床を這った痕跡があった。

箱を構成していた材質は劣化して剝離、破片となって積もっていたが、その中身はまだ残っていた。元は液体だったはずの物質が、蠟化して残っている。緑色をしていた。

ここからは、進化生物学が専門のラル博士の出番だった。

彼女は、腰のベルトに装着したトライ・コーダーを出してセンサーをその物質に当てた。

「間違いなく、元は有機物だわ」

「じゃあ、これは、やっぱり冬眠用のライフポッドの類い?」

「どうかしら?　ミッション・コマンダー?　上に降り積もっているのは、蓋というかカバーの破片だと思うけれど、取り除いていいかしら?」

「そこにセンサーや操作パネルがあった形跡は?」

とシン博士が尋ねてきた。

「いえ。無いわね。ここまで来て、文字の名残すら無いわ」

「私に任せてくれ。棺桶の中に崩れ落ちて埋もれた蓋の破片を拾い上げるのは得意なつもりだ」

コバール博士は、一五分ほどその作業に集中し、蠟化した液面の上部を覆っていたゴミを取り除いた。そして、腰のベルトに下げていた刷毛で、埃を払った。

ランタンの光を当てて、「ほう……」と漏らした。

「ここから先は、リディの専門だ。場所を譲るよ」

リディ・ラル博士が身を乗り出し、その物体を上から覗き込み、さらにランタンの角度を変えて観察した。同時にレポートも開始した。

「さあ、こんにちは、宇宙人さん……。蠟化物質は、この有機体の、恐らく顔面の上まで覆っているが、透明度があるため、その下に沈んでいる物体をある程度観察できる。われわれが今、見ているのは、恐らく肩から上の部分で、眼が見えている。両眼構造。瞼の有無は不明。ただし、鼻や口は見えない。首もなく、強いて何かに例えるなら、カエルの頭に似ている。両眼のみセンサーがある二足歩行体のカエル。肩から下はまだ見えないから二足あるかどうかはまだ不明なれど」

「それで、これは何だと思う?　この液体は、もとは液体だったのだろうが、棺桶ならこんなものは必要無いよね？」

コバール博士が聞いた。

「そうね……。でも、ライフ・カプセルかどうかはわからない。これから鼻や口が形成される人工子宮の類いだったかも知れないし。これが頭部だとすると、脳の容量も知れている。これが知的生命体だったのか……。単に、生物型ドローンの可能性もあるわ。それを使って宇宙探査していたのかも。変ね。エネルギー反応はここではないわ……」

ラル博士が、トライ・コーダーのモニターを見ながら言った。

「両博士、興味は尽きないが、これは生物班に委ねるとして、奥へと進んでくれ」

ミッション・コマンダーが先を急がせた。

また隔壁がある。ここも中央部分に開口部があり、別にドアで隔てられているわけではない。そして第3室にも、テーブルの跡があった。そしてここには、壁際にラックが作られていた。半分は崩落していたが、半分は辛うじてまだ形状を留めている。

「エネルギー反応は、この瓦礫の下からのようね……」

コバール博士が、刷毛の柄部分で、その瓦礫の山を少しずつ崩して行った。

「光ってないか？……」

と博士が手を止めた。そして、近くを照らしていたランタンの灯りをラル博士が消した。その部屋のランタンの光を全て消すと、瓦礫の下で、何か仄青《ほのあお》く光を放っていることがわかった。

埃の下に何か光るものが埋まっている。

「考古学の世界では、こういうものを触ったり持ち出したりすると、良くないことが起こる……」

「生物発光の類いには見えないわ。取り出してみましょう。どうせこの身体、シンスなんだし。最悪の場合でも、ボディが感電して爆発するだけよ。ヨー博士、触ってみますけどいいですか?」

ヨー博士は、ミッション・コントロールに判断を求めたが、そちらの判断に任すということだった。そもそもが、そういう機械回りのことは、ヨー博士の領分だった。

「慎重に頼むぞ。そして自己責任だ。発光現象は、周囲の塵をイオン化して起きている現象だろう。まだそれなりのエネルギーを蓄積しているとみていい」

「このシンスの両手は絶縁体です。大丈夫でしょう」

ラル博士は、まず上の塵を払おうと、コバール博士から刷毛を受け取ってゴミを綺麗にしようとした。だが、彼女の意識はそこまでだった。

「わっ! 何これ――」

何かの強烈なイメージを見せられると同時に、彼女のシンクロ率が一二〇パーセントまで跳ね上がり、彼女は意識を喪失した。

第3室での映像は公開されなかった。一〇年間、地球でニュースを待たされ続けた民衆にとっては、第2室で発見された生命体だけで十分だった。世紀の大発見だ。

人類は、遂にファースト・コンタクトを成し遂げた。西暦二〇九九年――、夏の出来事だった。

第一章　通り魔

陸上自衛隊・第1空挺団隊員の各務成文《かがみしげふみ》三等陸曹は、つい三〇分前の練習試合を頭で反芻しながら歩いていた。

いつもはユニホームや靴を入れたザックを背負って走っているコースだが、今は、最後の瞬間に油断して首を取られたことを反省していた。

あってはならないミスだった。しかも相手は学生だ。目を瞑っていても勝てなければならない相手だった。

田園都市線青葉台駅近くの並木道は、緑が生い茂りジョギングするにもウォーキングするにも気持ちいい街だ。東名のインターにも近く、高級住宅街だそうだが、自分はたぶん、こんな街には一生縁が無いだろうと思った。

スポーツには、体重別の〝クラス〟がある。人生にも〝格〟はある。自分は、自分に宛がわれた階級で懸命に戦うのみだ……。

駅に近付くと、歩道にはツツジの生け垣まである。季節を問わずに良い場所だ。

各務が異変に気付いたのは、一人の主婦が、時々後ろを振り返りながらその歩道を走って来た時だった。口をぽかんと開け、青ざめた表情だった。

続いて、ベビーカーを押した母親が、途中で赤ちゃんを抱きかかえながら走り出す様子が見えた。何かをブツブツ口の中で呟くというか、叫んでいる。だが言葉に出来ない様子だった。

交差点の向こうには高級スーパーがある。誰かの怒鳴り声がその辺りから聞こえてきた。

各務が緩めていたザックを締め直して走り出そうとした瞬間、乾いた音が二発、パン！　パン！――、と聞こえてきた。街中では、たぶん一生に一度として聞くことのないだろう銃声だった。

各務が反射的に駆け出した瞬間、上着から血糊を垂らしたサラリーマンが駆けてくる。「逃げろ！逃げろ！　通り魔だ！――」と叫んでいた。

あちこちから悲鳴が聞こえてくる。

交差点に突っ込むと、右手にピストルを持った警官と、犯人と思しき男が取っ組み合っていた。男が持つ刃物の切っ先から、赤い鮮血が、弧を舞うかのように空に飛び散るのが見えた。

各務は、一瞬も躊躇わなかった。男に強烈なタックルを喰らわせた。そのまま男は吹き飛ばされ、ひっくり返るだろうと思った。特に、力を加減したつもりもなかった。

ところが、相手はそのまま耐えて、ほぼ仁王立ちしていた。一瞬、各務は、え？　という気持ちになった。躱された……。自分のようにレスリングでもやっているなら耐えられるかも知れないが、素人が持ち堪えるのはまず無理だった。これは全く、躱されたに等しい。

だが相手は耐えている。全身、誰かの血しぶきで血だらけだった。しかも右手に刃物を握っていた。その刃物は、ナイフとか出刃包丁ではなく、軍隊用のバヨネットだ。警官は微かな呻き声を発しながら、その場に頽《くずお》れようとしていた。

各務は腰を落とし、相手を睨み付けた。だが、動いたのは相手が先だった。眼が逝っている。正気には見えない。まるで、何かに操られているような感じだった。

刃物とは戦うな！　が鉄則だ。たとえ特殊部隊といえども。刃物を持つ相手とは距離を取るのが唯一の戦闘方法だ。

だが、この状況では逃げられなかった。一撃くらうことを覚悟してフォールするしかない……。瞬時に押さえ込むしか……。

動いたのは相手が先だったが、無駄のない動きが出来たのは、日頃鍛え抜いている各務が先だった。寸分の隙も無い攻撃が、後にスーパーから回収された監視カメラの映像で確認されたが、各務は、相手の右腕が振り下ろされる前にタックルを喰らわせ、敵をひっくり返してフォールに持ち込んだ。

相手はナイフを放そうとしなかったが、そのまま路上にひっくり返った。何かの薬物でもやっているのか、相手に痛みを感じている様子はない。拳銃の弾がどこかに命中しているはずだが、それも意に介さない感じだった。

各務は、やむなくそこでレスリングからコンバットに切り替えた。スポーツから軍隊の格闘戦に切り替え、首絞めで頸動脈の血流を遮断して敵を気絶させた。

相手が気を失った所で、右手からバヨネットをもぎ取り、地面に倒れた警官の手錠を借りて後ろ手に縛り上げた。

さっと見渡すだけで四人の人間がその場に倒れている。自分が無事なことを確認した後、ただちにトリアージに掛かったが、いずれも複数箇所を刺されていた。致命傷ばかりだ。

駅前交番から飛び出して応戦したらしい警官は、脇腹から深くバヨネットを突き刺されている。まだ出血は続いているが、どうも動脈は無事そうだった。他の一般市民は、たぶん駄目だろう。

犯人は、右胸に一発食らっていた。肺を掠める位置に見えたが、この銃創であの戦闘力は信じられなかった。

先週、埼玉県川口市で発生した通り魔事件に続いて、最近二件目の通り魔事件だった。一見無敵人間によるこの自殺的凶行が、先週の事件と連携していることがわかるのはすぐだった。

市民三名が即死。格闘して犯人を取り押さえようとしたサラリーマン一人も翌日亡くなり、警官は、各務の処置のお陰で一命を取り留めた。その前の週に発生した川口市の無差別通り魔事件が、一二名もの犠牲者を出したことを思えば、各務が身を挺して救った命は多かった。


その翌々日、神奈川県警の事情聴取を終えた各務成文三等陸曹は、習志野第1空挺団敷地内にある古ぼけたバラック小屋、第四〇三本部管理中隊の看板が掛けられたみすぼらしい小屋の一番奥まった隊長室にいた。

第四〇三本部管理中隊隊長、その実、特殊作戦群隷下の特殊部隊〝サイレント・コア〟を率いる土門康平《どもんこうへい》陸将補は、机の上に広げられた昨日の新聞朝刊のコピー用紙の束を眺めて、まんざらでもない顔で、隊員を見遣っていた。

〝非番の自衛隊員、市民を救う！〟のヘッドラインが踊っている。夕刊紙には、〝市民を救ったのは最強無敵の空挺隊員！〟と派手な文字が躍っていた。

「うちの部隊の名前は出していないよね？」

「はい！　自分はただ、習志野の空挺団員であるとしか証言しておりません。具体的な所属や上官の官姓名は、しかるべきルートで問い合わせて頂かないと、自分から明らかにする権限は与えられていないことを、都合五回ほど述べました。向こうは、少し不満そうでしたが……。ただ、気になることがあります。警官隊が駆けつけるまでの間、犯人を観察したのですが、身体的なトレーニングの痕跡はいっさいありませんでした。肉体は、病人のように柔《やわ》でした。しかしその動きは極めて敏捷で、自分のタックルも一度は躱されました。それが腑に落ちないのですが」

各務は直立不動の姿勢で答えた。

「変な薬でもやって、勘が冴えていたということじゃないのか。しかし君は、なんであんな所にいたの？　千葉からは遠いよね？」

「母校があります。レスリングの実技から理論面の教育補助要員としてボランティアで働いています。体育学校時代から、届けは出してあります」

「そうだったな。まあ犯人がその後死んだとはいえ、それは留置場でのことであるし――、そういえば先週の犯人も逮捕されてすぐ心臓麻痺か何かで死んでいるんだよね。公式にはだな、フォール？　〝フォール〟というニックネームで良いんだね？」

「はい。気に入っております！」

「公式には、ナイフには立ち向かうな！――。それがどこかの街角だろうと戦場だろうと。ナイフ相手に戦おうなんて無茶なことを考えてはならん。だがまあもちろん良くやった！　神奈川県警から表彰の話が来たらしいが、われわれは公務員として当然のことをしたまでだ、と断った。あちこちから、君を祝福する電話が入っている。空挺団長が電話を取ったのであって、私は知らんけどな。官邸はもとより、防衛大臣、陸幕長からも、その労をねぎらうメッセージが届いている。募集業務に大いに貢献してくれるだろうともな。君の活躍の一部始終は、あちこちの監視カメラに映っていたことであるし、君があそこにいた理由は隠し立てする必要も無いし、これ以上の事情聴取はないだろう」

ガルこと待田晴郎《まちだはるお》一曹が現れて、「そろそろお時間ですが?」と報告した。

「ガル、お前さんの秘書稼業も今日で終わりだな?」

「はい。ぜひそうなることを願います!　何しろ手当が付くわけではありませんからね」

作戦室兼大教室に移動すると、全て準備万端整っていた。二人の小隊長のみが制服を着用している他は、迷彩服だ。ただし、全員ではない。全滅を防ぐために、二個小隊とも、半数の隊員は、建物の外にいた。

ウ国戦争勃発以来、そうやって不測の事態に備えていた。ミサイル一発食らえば、こんな木造バラックなど一瞬で吹き飛んでしまうことだろう。

土門は、正面を向いて立つ二人の士官の前に立った。

「えっと……、ナンバーワン、君の旦那は?」

「地方自治体では、出世する度にいちいち女房を呼んで辞令交付に立ち会わせるようなことはしないからと」

と部隊ナンバー2の姜彩夏《かんあやか》三佐が応じた。

「うちも原則はそうだけどね。ま、原田《はらだ》君の奥方には、司馬《しば》さん亡き後、北京語の文書の翻訳や北京語教育で御世話になってもいるから……」

原田拓海《たくみ》一尉が、少し咳払いした。

「うん?……」

「ご存命です。その人は」

「あ、ああそうだったな!　もちろん元気だ。今のは撤回する!　誰も、何も言ってないぞ」

原田一尉の奥方が、真新しい階級章を手に取り、原田の両肩に付けてやった。

「お給料って、上がりますよね？」と奥方は北京語で土門に聞いた。

「子供が二人くらい増えたら、それなりの手当にはなると思うけどねぇ……。まああんまり期待しないでね」

土門も北京語で応じた。

姜三佐には、土門自らが二佐の階級章を付けてやった。

「これで、原田三佐に、姜二佐の誕生だ！　いっそう、お国のために励むように！」

力強い拍手が起こり、この瞬間だけは、二人の士官は格式張った敬礼をした。

「さて、それでだな。続くセレモニーだが、新入隊員五名の紹介だ。まず、〝フォール〟こと、各務成文三曹に関しては、もう紹介はいらんな。訓練小隊時代から君らは知っているし、二日前の事件では、大惨事になる所を身体を張って防いだ。だが、君らは真似するんじゃないぞ。うちは、あの人のせいでナイフ・コンバットを当たり前としているが、基本原則としては、刃物の相手はするな。逃げよ！　が鉄則だ。それが世界中の軍隊の基本中の基本だ。

さて、続いて、姜三佐、いや姜二佐の長年の要請であった女性隊員の参加に関して、四名を選抜した。これまでも女性隊員がいなかったわけではないが、いろいろあって定着はしなかった。今回、不退転の決意を以て、この四名を部隊に迎え入れる！　ただし、訓練小隊と往復しつつ、というか訓練小隊を経ていない抜擢なので、当分は指揮所要員とする。私や姜君の秘書も兼ねてもらう。おいおい鉄砲の訓練も受けてはもらうし、体力錬成にも励んでもらう。

では、一人ずつ紹介する——」

土門は、壇上に用意された名簿に視線を落とした。

「峰沙也加《みねさやか》三曹、趣味というか私生活上の特技は山登りとトライアスロン。で、アイガーとは部隊内の山岳同好会での知り合いだな？」

「はい！　きつい汚い、そして過酷の3Kがモットーの山女であります！」

まるでドーランでも塗ったかのように日焼けしていた。

「ではうちの荷物担ぎくらいは平気だな。ところで君の〝ケーツー〟というニックネームには、アイガーが難色を示したのだが……、分不相応だと。ここにはおらんか？　山登りはどっちが速い？と彼に聞いたら、若い分、君の方が少し速いと答えたので、黙らせた。君のニックネームはケーツーだ。K2、登ったことあるの？」

「いえ。ボーナスを貯めて二年以内に制覇するつもりです」

「結構。頑張ってくれ。アウトドア派は大歓迎だ。続いて、瀬島果耶《せじまかや》士長。自衛隊に来る前に、空白の期間があるようだが？」

「はい！　テレビ局でタレントさんのメイクアップの仕事をしていました。あまりに給料が安くて本業に打ち込めないので止めました」

「本業というのは、コスプレイヤー？　君が眉毛を剃り落としているのはそのためなのかね？」

確かに眉毛は無かった。かつらを被る必要から頭は五分刈りだ。どうかすると男に見える。それもヤンキーに。

「はい。メイクの邪魔になりますので」

「コスプレ時の君の写真を何枚か見せてもらったが、驚いたね。あれを同一人物だと判断する人間はいないだろう」

「人間の貌《かお》はキャンバスです。自分は、一三歳の乙女から、八〇歳のお爺さんにまで変身できます」

「それで、まあ君みたいな人は、うちの部隊に一番縁遠いのだが、実は変装術を少し強化したいと思ってね。ドーランの塗り方とか含めて、そこで君に来てもらった。なので、ここに居着くための努力をする必要は無い。あくまでも教師役だと割り切ってくれて構わない」

「有り難うございます！　足手まといにならないよう頑張ります！」

「ニックネームは、メイクアップ・アーチストから取って〝アーチ〟ということで決定だ。

続いて、花輪美麗《はなわびれい》三曹。隊員としての特技は語学。ますます北京語の必要性が高まるので、北京語遣いを増やした。貴方の名前はメイリーと読むの？」

「いえ。日本語読みはビレイです。家族はメイリーと呼びますが。母が、台湾から帰化しました」

「そうなの。ニックネームのメイリーは却下させてもらう。解放軍に平文をキャッチされてはモロバレだ。お母さんは、台湾はどこのご出身なの？」

「桃園《タオユエン》です」

「では、桃園の頭を取って〝タオ〟で行こう。最後に、駒鳥綾《こまとりあや》三曹。この〝鳥〟の読みは濁るの？」

「いえ、正しくはコマトリであります！　濁っても別に気にしませんが」

肩幅のある女性隊員が答えた。

「君の役割は、この三人の女性隊員に格闘技というか、護身術を教えることだ。体育学校では、各務君と一緒だったそうだが、君のニックネームは〝レスラー〟になる。誰もレスラーが女だとは思わないだろうからな。こうして、部隊が少し華やかになるが……、いや、ナンバーワン、これ拙いかな？」

と土門は姜二佐に質した。

「華やかがですか？　少し性差別的な発想かも知れませんが、セーフでしょう」

「まあ、難儀な時代になったが、今時、セクハラだのパワハラだのは、部隊の存亡すら危うくする。彼女らのことはゲストだと思って丁重に接するように。当分は、何もないだろう。ヨーロッパの戦争は地球の反対側だし、日本は平和そのものだ」

その場にいた隊員のほぼ全員が嫌な顔をして土門に視線をくれた。今にも一斉にブーイングしそうな気配だった。

「私はまた、何か口を滑らせたか？」

「失礼ながら、それはいわゆるフラッグが立つという不用意なご発言でありまして……。隊長がそういうご発言をなさる時に限ってというジンクスが」

原田三佐が、そう窘《たしな》めた。

「馬鹿馬鹿しい！　明日どこかで核ミサイルが爆発するなんてことがあると思うか？　少なくとも極東は平和そのものじゃないか。平和を満喫し、平和な瞬間にこそ、部隊を鍛えて練度を上げる。この平時に戦争に備えることこそ大事だぞ？」

廊下を誰かが足早に駆けてくる音が響いた。あれは良くないニュースの兆しだった。

姜小隊のシステム屋、リベットこと井伊《いい》翔《かける》一曹が、指揮通信室から駆け込んできた。

「在日米軍、デフコン3に入りました。極東ロシア軍と中国軍もデフコン・レベルを上げた様子で、統幕からは、弾道弾警報が出ています」

「はあ？……」と土門が呆けた声を上げた。

誰かが「だから言わんこっちゃない……」とぼやいた。

「それ、北がミサイルを撃った程度でそんな騒ぎにはならんだろう。そもそも迎撃は海と空の仕事だし。残念だが、セレモニーはお開きだ。われわれも待機に入るぞ！　奥さん、申し訳ないが、今夜は、昇進の祝杯は難しいかも知れない」

原田の奥方、萌《もえ》は、口を尖らせて不服そうな顔をした。

「最近覚えたブイヤベースを作ろうと思っていたのにぃ……」

「本当に申し訳ない。どこかで埋め合わせはさせます！　必ずね。誰か萌先生をご自宅まで送ってくれ。指揮通信車を出せ。姜小隊は一五分以内に出撃。駐屯地を出てパトロールを開始せよ」

一応、弾道弾攻撃に備えて一個小隊は直ちに駐屯地外に出す必要があった。考えられることは、北朝鮮の弾道弾発射だが、その程度でこの反応は大げさだと土門は思った。

いったい何が起こったのか。駐屯地内でも、デフコン3を報せるサイレンが鳴り響いていた。


西暦二〇九九年――

リディ・ラル博士が目を覚ますと、モニターが映し出す外の景色が見えた。珍しく建物が見えるが、ここがどこかはわからなかった。

ナース型シンスが、彼女のベッド脇に立っている。胸に貼られたフィルムに、彼女のバイタルが表示されていた。医師の博士号も持つラル博士は、それを一瞥すると、「ナース、目障りだからそのバイタルを消して。私のプライバシーよ」と命じた。

ラルは、身体を少し動かしてみた。特に異常は感じない。手足は動くし、痺れるような感覚もない。

「ナース、今日はソル何日かしら？」

と火星の日付けを尋ねた。シンスはスピーカーと、その胸のフィルム型モニターに、地球のグリニッジ標準時と火星のガリレオ・シティ標準時を表示させた。

どうやら丸二日間寝ていたようだ。主治医を呼ぶよう命じ、身体に付いているチューブ類を自分で外した。栄養チューブは必要ないし、ドレーンなんて……。二二世紀に入ろうというこの時代に、注射針を刺して点滴とか、ドレーンで排尿とか、人体放棄運動が起こるわけだと思った。

初対面の主治医が現れ、「自分はこのケースの機密アクセス権を持っていないので、精密な診断はできない」と断った上で、五分で済む簡単な問診をした後、「昏睡の原因は謎ですが、身体的な異常はありませんね」と去って行った。

喉が渇いていた。ナースにゼリーをリクエストした。そのリンゴ味のゼリーを飲んでいると、ナースの胸元で、着信のベルが鳴った。サウンド・オンリーも選べたが、彼女は、自分が直ちに現場復帰できるとアピールする必要があった。

「いいわよ。ビジュアルで。一瞬ミラーをお願い」

彼女は、モニターに映った自分の顔を見ながらくしゃくしゃの髪に手を入れ、開けた胸元を隠した。

「眼が覚めて良かった、リディ。私が誰かわかるかね？」

「サイト‐αのメカニック・ディレクター、アラン・ヨー博士よ。髭を剃ってないのね？」

モニターに映し出されたヨー博士は、無精髭が伸びていた。

「良かった。実は例のインパルス攻撃で、短期記憶障害を起こした者がいてね」

「インパルス攻撃？」

「ああ、済まない。君はまだ覚醒したばかりだな。どこまで覚えている？」

「ここはどこなの？　サイト - αではなさそうだけど？」

「念のため、ガリレオ・シティまで後送した。コバール博士も一瞬、君の隣でダイブ中に意識喪失したのだが、彼は、わりとすぐ覚醒した。君は深い昏睡状態にあったので、待機していたドローンで、ガリレオ・シティまで運んだ。そこは、AC・クラーク総合病院だ。しかし、気を付けてくれ。病院関係者には、起こったことの事実は報されていないから。噂はあっという間に拡がるだろうが……」

「確か私は……シンスを操縦して、何かの遺物に触ろうとしていたのよね……」

「そうだ。一コマだけ、その遺物の表面が写っていた。何かのデバイスだろうと思われる。君は何かイメージ的なものを見なかったか？　気を失う瞬間に」

ああ、そうだ。そうだった……。身の毛もよだつような経験だった。

「思い出したわ。あれに触ろうとした瞬間、核爆発のイメージを見せつけられた。あれは、ドゥームズデイ攻撃の核爆発のイメージだった。なんだか自分が吹き飛ばされたような衝撃だったわ」

「あのライブ映像を、一三六名が見ていた。そこガリレオ・シティや軌道上で。全員が似たような経験をした。なにがしかの、強烈な、イメージを見せつけられた。コバール博士は、アフリカの飢饉の映像だった。私は、前世紀のビキニ環礁の水爆実験のイメージ。あるいはヒロシマ・ナガサキ。だが一番多かったのは、ドゥームズデイ攻撃のイメージだった。ところが、その映像はないんだ。生中継を見ていた全員がその衝撃的な映像を見せられたのに、映像データとしては残っていない。もっとも、全員の経験がバラバラだから、それが映像として送られたものでないことは明らかだ。それを誰かが、インパルス攻撃と名付けた」

「たぶん、それぞれ個人の深層心理に仕舞い込まれた、最も破滅的な映像が惹起されたのね。シンスはどうなったの？」

「まだあそこに放置したままだ。ヘブンズゲート近辺に設置した環境センサーは生きているが、特に異常は無い」

「シンスは応答するの？」

「再起動は試みていない。これはコバール博士の意見なのだが、あの時、シンスはアクティブ・センサーをいくつか起動していた。それをキャッチした何かが、防衛機能を作動させたのでは？　と。私も同意見だ。あの部屋で電磁波の類いを使うのは止めた方が良い。ドローンの生中継も」

「では、われわれが宇宙服を着て歩いていくしかないわね」

「まだそこまで議論している余裕がないのだが、そういうことになるだろうね」

「私はすぐサイト‐αに戻ります。タクシーを手配して下さい」

「一応、退院前に頭部のＭＲＩ検査を受けてくれ。全員に義務づけてある」

「今日中に戻れますか？」

「急ぐ必要は無い。マーズ・コントロールも少し混乱しててね。指令も二転三転している状況だ。向こう一週間は身動きが取れないだろう。われわれの行動が拙速だったのでは？　という批判もすでに出ている」

「冗談でしょう！　ここまで辿り着くのに一〇年も掛けて準備したのよ。これ以上、時間を掛けていたら、次の世代に委ねることになる」

「同感だ。だが博士は、もう半年近くもサイト‐αに詰めていた。半年ぶりの街だ。オルドリン・

カフェで煎れたてのコーヒーと焼きたてのパイを食べるくらいの休暇は良いだろう。何かアイディアが浮かぶかも知れない」

「そうね。では一日だけ休暇を下さい。スパでのんびりしてみます」

「了解した。ミッション・コマンダーから報告を求められるかも知れないが、あまり過激な提案はしない方がいいぞ。睨まれる。くだらん話だが、地球では、そもそも君たちの作業手順にミスがあったのでは？　との粗探しも始まっている」

「連中のせいで作業開始が遅れたのに！」

通信を切ると、ラル博士は、シンスに着替え一式と靴を要求し、「アキラ――」と声に出して自分自身に呼びかけた。

「私の生体トークンは消えてないわよね？」

「残高を読み上げますか？――」と男性の声が左腕の肩の近くから聞こえてくる。開発当時は脳内再生で良いだろうという話も出たが、万一大音量で鳴った時のダメージが計り知れないということで、二ミリ四方の小さなチップがそこに埋め込まれている。生体エネルギーで発電し、皮膚をスピーカー代わりにする。ワンチップの小さなコンピュータは、彼女の声を聞き取り、検索から計算、日記帳代わりまで何でもしてくれる。〝アキラ〟という相棒の名前は、前世紀のサイバーパンク・アニメの主人公から彼女が命名した。

皆、自分のデバイスに好きな名前を付けて秘書代わりにしていた。

「貴方が無事だと判断するなら良いのよ。貴方は何か覚えてる？」

「……、博士の意識喪失に関するご質問でしたら、自分はその時間帯、スリープモードにありました」

「そうよね。いいわ。また後で」

生体埋め込み型パーソナル・コンピュータが実装され始めた頃は、そこいら中で皆が独り言を言い始めたと話題になったが、今はもう皆慣れた。

しばらくは、乗用車一台分のお値段で富の象徴だったが、今はどこの地域でも、会社から構成員への寄付という形で無料で提供される。

だが全員が、それを体内に埋め込んでいるわけではない。自分の生活様式全てをどこかの会社やシステムに監視されることを嫌がり、頑なに利便性を拒否する集団もいた。

ＭＲＩ診断を受けたリディ・ラル博士は、火星標準服と呼ばれる不人気な灰色の繋ぎの作業着を着て退院手続きを行った。

ボディラインが浮き出るので、女性にはとりわけ不人気だ。別に私服の着用が出来ないわけではなく、最近、いくつかのアパレルショップもオープンしたが、この火星標準服を着ることが、組織への忠誠心を現している部分があった。

自分の勤務日は、ほぼ全員がこの標準服を着ていた。

ラル博士は地階三階へ降りた。ここガリレオ・シティは、レゴリスを使って地表に建設された初めての街だったが、より安全な地下にもそれなりの構造物はまだ残っており、とりわけ道路がそうだった。地下道が張り巡らされ、天井を明るいモニターで覆ったショッピング・モールも建設されている。

二人乗りの無人カート・タクシーを呼び、ガリレオ・シティの中心にあるケプラー広場へと向かった。そこには厳重な耐放射線機能と、小隕石への耐久性を持った天然窓もあり、地上施設という位置づけになっている。

この次は、いよいよ恒久的なドーム・シティの建設だと一部では盛り上がりを見せているが、ラル博士は懐疑的だった。もう少し金の使い道を考えるべきだ。ここ火星では、労働コストも恐ろしく高く付く。

スパも良いけれど、ゴルフの打ちっ放しにでも行ってみようかしら……。身体を使うことで、何かアイディアが浮かぶかも知れない。リディ・ラル博士は気分を変えられるような、お勧めのリゾート施設の提案をタクシーに求めた。

第二章　オーバー・テクノロジー

警察庁サイバー犯罪対策班班長の柿本君恵《かきもときみえ》警視正は、警視庁の黒塗りのワゴンに乗って多摩川を渡った。東名横浜青葉JCTで降りて青葉区へと入ると、久しぶりに見る景色があった。

五年前、神奈川県警青葉署署長として勤務していたので、この辺りは良く知っていた。技能職扱いで奉職したはずなのに、現場勤務なんて酷いと抗議したが、キャリア職の通過儀礼だと許してもらえなかったのだ。あの頃、世話になった署の幹部は、すでに全員が異動したか定年退職したはずだ。幸いにも助かった重体の警官の名前も、彼女には初耳だった。

途中、青葉台駅前交番に寄って、私服の刑事を一人拾った。

まだ若い、神奈川県警の急行組刑事だった。青葉署時代にはまだ新人だったが、優秀だった。バックシートの柿本の隣に座った佐渡賢《さどけん》警部は、運転手に徐行するよう頼んでから、「花束が置いてある所が、だいたい被害者が倒れた場所です」と指差しながら説明した。

「貴方、結婚したんですって？」

「はい。官品です。職場が同じというのもどうかと思って、彼女には辞めてもらって、今警備会社にいます」

「そう。おめでとうございます。都会では、二馬力あってもなかなか子供も育てられないから大変よね……」

「子作りなんてとっくに諦めました。地方公務員の薄給じゃ私立の一貫校とか無理ですからね。うちの捜査本部が、警視庁リレー班の情報を欲しがっています」

「もう少し待ってくれとのことです。ただし、現状、川口の犯人と同じルートらしいことはわかっています」

「事件の遺族には言えませんが、うちは助かった。たまたま通りかかった自衛官のお陰で、犠牲者を減らせましたから」

「それ、本当に偶然なのよね？　ま、あっち方向に体育大学があることは私も知ってますけど」

「間違いありません。大学に近いとは言えませんが、ここで降りてキャンパスまで走っている学生は一定数いるそうです。自衛官がトレーニングに参加していたことも裏を取りました」

事件現場を過ぎると、ワゴンは246号線に出て南下した。

「話が出来すぎているわ。たまたま通りかかった自衛官がいて、しかもその彼はレスリング選手で、その前の週に大量殺戮をやってのけた男と同類の通り魔を一瞬でひっくり返したなんて……」

「それですが、青葉台駅周辺は、体育大が近いせいで、屈強な学生が街を歩いています。捜査本部では、犯人グループは、わざとこの駅を狙ったのでは？　という意見が出ています。格闘する相手が現れたら、どの程度通用するか試す目的で」

「どうかしら。それが目的なら、どこかの格闘技の道場とか、そういう所を襲撃させているんじゃないの？」

青葉台駅から駅を五つ南へ下った所にすずかけ

台駅がある。田園都市線に沿うように走る厚木街道（246号線）の左手に森が広がってくると、ワゴンは厚木街道沿いに広がるキャンパスへと入って駐車場で車を止めた。

柿本はドアを開けて車を降りると、ちょっと眉をひそめた。

「懐かしいでしょう？」と佐渡警部が振り返りながら尋ねた。

「いいえ。私、実はここに来たことは一度もないのよ。六年間ずっと大岡山キャンパスでしたから。ここは昔から、徹夜の実験でも、飯食うところが全然ないことで有名だったわ。ここは横浜なのよね？」

「それが、駅自体は町田市です。つまり東京都。線路からこっち側のキャンパスは横浜市緑区。確かこの辺りは、厚木街道が境界線になっていたはずです。ちょっとややこしい部分はありますね。町田自体、東京の飛び地みたいなものですから」

佐渡は、バックシートからそれなりの大きさの頑丈なトランクを持って降りた。向かった生体工学ラボの建物の中には、私服の警官二人が警備として配置されていた。出入りする研究者や学生らは、昨日から身分証の提示が求められていた。

地下二階には、電波暗室《シールドルーム》の看板があった。まるでどこかの霊安室みたいな素っ気ない作りだ。だが廊下には、ここも警備の私服警官が椅子に座っていた。テーブルのトレーに、携帯の電源を切ってから置くよう要請された。地下なので、すでに電波は届いていなかった。

二人の研究者が電波暗室の中で待っていた。その部屋には天井のライトも無く、換気扇の排気口もない。照明として、三脚に立てられたＬＥＤが二個、テーブルを照らすように置いてある。

四面の壁からは、奇妙な突起物が幾何学模様のように飛び出していた。

「今、私の部屋を片付けさせている。まず、荷物をテーブルの上に置いてくれ」

彼女の恩師でもある姉川祐介《あねがわゆうすけ》教授が、木製のテーブルの上にそれを置くよう命じた。

「ケースを開く前に、もう一回、全員、ポケットの中身を探ってくれ」

白衣を着た男性が「おっと……」とポケットからボールペンを取りだし、部屋の外へと走って行った。

「そこまでする必要がありますか？」

「ボールペンには金属のバネが入っている。何が起こるか予測出来ない」

足下には、十四リットルのバケツが二個。なみなみと水が入れてある。使い込まれた感じの12インチのタブレット端末もあった。それがこの部屋に存在することを許された唯一の電子機器だ。そしてなぜかポラロイド・カメラもあった。

「タブレット端末やポラロイドの安全はどうやって担保するんですか？」

と柿本は聞いた。

「タブレット端末は、このままバケツに入れてショートさせる。ポラロイドは、金属パーツは一つも使っていない」

ボールペンの男性が「いやぁ、申し訳無い！」とぺこりと頭を下げながら戻って来る。

「あとでちゃんと紹介するが、彼が、ＢＭＩ（ブレイン・マシン・インタフェース）の新鋭、三原《みはら》賢人《まさと》博士だ。電子光学と生物学の二つの博士号を持っている。うちの准教授。私は週半分ここに来るだけだが、彼はここすずかけ台の住人だ」

「警視正でしたっけ？　お話は姉川先生から聞いてます。テック企業を振って制服公務員になった唯一の教え子だとかで」

「不安定な大学教員の職よりはましというかまともですよ。いったん就職すれば、いきなり終身《テニ》在職権《ュア》ですから」

柿本が真顔で言うと、「それをテニュアと呼んで良いのか……」と佐渡が苦笑いした。「さて、ではゆっくりと、慎重に始めよう。ただし、この部屋の空気は密閉状態だと、四人で二〇分が限界だ。二〇分経ったら、有無を言わさずドアを開けるよう学生に命じてある。始めよう！」

分厚いシールドドアが閉じられると、佐渡は重たいトランクを開けた。中に、もう一つ金属製のアタッシェケースが入っていた。

それを開けると、メッシュ状のヘッドギアと、そこから延びたケーブル、煙草の箱サイズのケースが出て来た。その箱には乾いた血糊が付着していた。

佐渡がまるでオモチャみたいなポラロイド・カメラを持って、写真を撮り始めた。

「川口の事件では、どの時点で火が出たの？」

「ポートを繋いで中身を覗き始めてしばらくです。チップにCPUクーラーが付いてましたが、その表面にテルミットが塗ってあった。あっという間に燃え尽きました」

三原博士がそのボックスのカバーを開けた。

「これは身体のどこに？」

「腰です。ズボンのベルト左側に引っかけてありました。右側にはバッテリーが。二〇〇〇ミリアンペア二個」

「この〝石〟だと、そんなに長時間は動かせないね。いいところ二、三時間が限界だろう」

三原が、割り箸でヘッドギアをひっくり返した。

「へぇ……。このセンサーは、アメリカの某ベンチャーが開発した奴だ。性能はピカイチ。いろんな大学が買っているが、スーパーの量販品を調べるよりは簡単に足取り捜査できますよ。向こうが情報開示してくれればですが。だが、あくまでも脳波読み取り用のセンサーであって、これで指令まで出しているとは聞いてないな……」

「かつらの裏側に貼り付けてありました。ただし、ジェルの類いはなしです」と佐渡が補足した。

「そうなんですよ。これはジェルを使わずにただ被るだけというのがセールス・トークでして。うちもちょっと古いタイプなら一つ持っています」

テルミットを塗ったCPUクーラーを竹のヘラで剝がすと、その下に発火用の端子が挟まれていた。それも剝がして先端を非導電&不燃性粘土で覆った。

「この手の工作は、本来なら爆発物処理班でなきゃやっちゃならんのだが……。さて、ポートを繫いだが、君ら誰も身体に金属パーツとか入って無いよな？」

と姉川教授が聞いた。

「ぎりぎりまで下がってくれ。刑事さんは、机の上に屈み込んでこのタブレット端末の画面をポラで撮れる位置に」

スクリーンキーボードでDOS窓を出してポートと接続した。

「どれどれ……」

姉川が画面を指でなぞってスクロールさせると、一画面下に、数字のカウントダウンの行が出て来た。すでに50から49、48まで進んでいる。

「これが、自爆コマンドだな。通電するとオンになる」

「さっき、パスワード画面が出ましたね」と三原が。

「ああ。だけどパスワードはわからないし、たぶん三回も入力ミスしたら、プログラムの全消去コマンドが実行されるだろう。パスワードを回避してバックドアから入って自爆コマンドのカウントダウンを止めよう。リナックス・ベースだが、これにも脆弱性はある……」

姉川がコマンドを叩き、まず自爆コマンドを停止させた。続いて、パスワード認証を無効化する。

「これで、いつでも自由な時に中身を見られるが……」

「これはオリジナルのOSですね。リナックスの上で、独自のOSが動いている」

「そうだね。見たこともないな。もとは何だろう……」

タブレットの右上で赤いアラートが点滅し始めた。

「ああ、来た来た！　ワームが走り出した……。おっと凄いな。このスタンドアローンなタブレットで、オフにしたワイファイをオンにしているぞ。ブルートゥースまで探している」

だが、アラートはほんの数秒で消えた。何事もなかったかのように静かになった。

「消えた？……」

「いや。消えていない。死んだふりをしているが、端末内に潜んでこの端末のワイファイが入るのを待っているんだろう。データ量がほんの三〇〇kほど増えている。埼玉県警でもしこのチップへのアクセスに成功していたら、今頃、全国の警察のシステムに感染させていただろう。刑事さん、ちょっとここを一枚撮って……」

「どうしてこうなると気付いたんです？」

と壁際から柿本が尋ねた。

「自分が仕掛けた側ならそうするからだ。警察は内部プログラムの解析を試みる。それに備えて自爆モードを装備するような犯罪者なら、それに失敗した時のための対抗策も十重二十重に用意するだろう。嫌がらせとしてもね。でも、偶然だな

「……」

「偶然？　不吉な言葉ですね。警察は偶然という言葉は信じない」

「そして量子理論学者は、偶然という言葉にも意味を持たせようとする。実はしばらく前に、アメリカの友人からメールを貰ってね、最近、ハリウッドのSFドラマの制作にアドバイザーとして参加したが、日本でも視聴できるはずだから見てくれと。ついに自我を持つシンスの開発に成功したエンジニアと、それを阻止しようとする当局の攻防を描くドラマだ。ドラマとしての出来はいまいちだったが、両者の対立が決定的になり、追われる側は、当局の動きを探ろうと、ワームを仕込んだシンスをわざと当局に差し出す」

「シンスって、アンドロイドのことですか？」

と佐渡が聞いた。

「そう。アンドロイドという呼び名はなんとなく無機質なイメージがあるだろう？　だから最近は、より人に近いという意味を込めて、シンスという呼び名が流行り始めている。初めて聞いたとき、向こうの学者にそれは何か意味があるのか？　と聞いたら、だってクールだろう！　という答えが返ってきた。この世界はそういうものだ。危険な機能は、止めた。あとは、助手レベルで十分だろう」

「で、これは何ですか？」と柿本が尋ねた。

「ああ、これは言うまでも無く、シンスだ。オーバー・テクノロジーと言って良い。たぶん半世紀くらいは先の技術だろう。この犯人は自分の意志や意識ではなく、プログラムに基づいて行動していた」

教授があまりに素っ気なく言うので、柿本は眼をぱちくりした。

「でも先生、どんなOSかすらわからないんでしょう?」

「私はプロだ。これで飯を食っている。それがどんな目的で作られ、何をするプログラムなのかわからなければ、教授の肩書きなんて持っていない」

「三原先生も同意します?」

「そんなことはあり得ないと思っていたが、これはそうですね。プログラム自体は、シンスの一部と言って良いでしょう。今の最先端の技術の、たぶん最低でも四半世紀先は行っている。まるでオーパーツ・テクノロジーだ。この時代に存在しない技術です」

「でも、バッテリーもCPUも既存の技術ですが?」

「バッテリーも半導体も、今や量産技術だ。汎用品だが、町工場で作れるものではない。だがプログラムとなると話は別で、時々、オーバー・テクノロジー化する瞬間がある。会話型AIの進化なんて、話題になる半年前は誰も気付かなかった。場所を代えよう。ここはもう酸素の限界だ」

二重ドアを別々に開けて全員が部屋に出た。代わりに助手らが入り、またドアが閉められた。

五階にある姉川教授の研究室に移動した。ホワイトボードがあるテーブルにつくと、柿本は自分のトートバッグから資料を出し、USBメモリーを三原博士に手渡した。

「これ、コピーして大丈夫ですか? ちょっとしたマジックをお見せします」

「構いません。ただし、流出は困りますが」

博士は、そのUSBメモリを自分のノートパソコンのパームレスト部分に置いた。すると、USBのアクセス・ランプが点滅し始め、データが画面に表示された。

「え? USBポートに挿さなくても良いんです

か?」

「ええ。もし人体と電子機器を繋ぐとなったら、ポートを人体表面に作るのはお勧めできない。感染症の原因になるから管理が大変です。見た目もグロい。埋め込み型が良い。充電も出来れば非接触型で」

三原がファイルをひとつクリックすると、いきなり司法解剖時の写真が出て来た。

「ああ、皆さん、わざわざ死体の写真を見ることもないでしょうから、肝心な所だけお見せします。このファイルには、一応、犠牲者の司法解剖データの原本も入っていますが」

柿本は、マウスを操作して、川口事件の犯人の写真を一枚だけ見せた。それを三原が23インチの卓上モニターに表示させる。

「犯人の身元はわかったの?」

と教授が聞いた。

「はい。報道解禁はまだですが、わかりました。一〇年前、家族が失踪届を出していました。以来、ずっと行方不明。これから足取りを追うことになりますが、時間は掛かるでしょうね。こっちの事件の犯人はまだ。指紋もDNAも引っかかりません。これ、川口の犯人の左脇の下の写真です。こっちの犯人も同様の場所に手術痕がありました。脇の下の毛は剃ってあり、開いてから何かをそこに入れて、また出した痕跡があるとのことです。縫合は明らかに外科医の仕事だそうです」

「ここにチップを埋め込んで、後で取り出したのでしょう。たぶん上手くいかなかったんだろうな」

三原が即答して言った。

「何のチップをなぜここに埋め込んだのですか?」

「コントロール・チップだと思うけれど、脇の下を選んだのは、ここが発汗するから。ヒートシンク代わりですよ。ここならチップを冷やせる。ただし、冷やせると言ってもある程度だ。人体を操るための情報処理は相当に発熱する。たぶん酷い炎症を起こしたはずです。今後、チップの人体内蔵が当たり前になれば、どうしても避けて通れない問題です」

「たとえば、脳のどこかを刺激して、犯人の攻撃性を増すとか、倫理観を麻痺させるとかの話ですか？」

「それなら薬剤で出来る。ある種の覚醒剤で人の攻撃性が増すことは知られています。今回犯人がやったことは全く別です。この彼、犯人は恐らくゾンビ化され、第三者の指令によって意図的に動かされていた」

「マリオネットみたいにですか？」

「そうです。だからオーバー・テクノロジーだと言っています」

真顔な三原に、柿本は少し軽蔑的な眼差しを見せた。

「先生……。人類の医学は、ほんの一箇所断線しただけの神経繊維すら修復できずに、車いすが必要な人々を救えない」

「生物虐待という批判があるので、あまり大っぴらには言えないが、ゴキブリやラットの脳に電極を埋め込んで、右へ行け左へ行けというレベルの研究はすでに成功しています」

「そのレベルじゃありません……」

柿本は呆れ顔で続けた。

「動画を一本お見せします。青葉台事件の現場映像です。周辺のカメラ三ヶ所で撮られた映像を加工編集したものです。流出に備えて、映像はモノクロ化、被害者や通行人の顔を含めて肝心のシーンにはモザイクが掛けられ、しかも全体的にぼかしてあります」

　再生された映像は、酷くぼやけていた。この事件の動画だと説明されなければ、数十年昔の白黒フィルム時代の記録映像かと思うほど不鮮明だった。

「格闘技の知識はないが、素人目に見ても無駄がない。刃物を振り回す感じは無くて、一太刀一太刀、確実に狙っている感じだ」

　姉川教授は、時々メモを取りながら見入った。

「脅威判定に無駄が無いな……」と三原がつぶやいた。

「実はしばらく、自動運転カーの研究に協力したことがあります。その現場では、次から次へと入ってくる情報がフレーミング問題を引き起こす。今頃とっくに、ママチャリや飛び出す子供がいる繁華街を避けて無人運転車が走っているはずが、全くものにならない。ですが、これは何というか、脅威判定し、大人から先に狙っている。女性ではなく男性から。無差別殺人には違いないが、犯人には明らかに優先順位がある」

「そろそろ画面の奥から自衛官が現れます。非番の自衛官で、体育大帰り。レスリング選手です」

「凄い！　プロのタックルを見事にいなしているぞ……」

「まさか、お二人とも、これを見てまで、こんな無駄のない動きを、誰かが操っていたなんて仰いませんよね？」

「彼には、訓練を受けた痕跡とかありましたか？」

「いえ。筋肉は、部屋に籠もったヒッキーさん並に貧弱で、胃は空だった。しかし、血液検査では、さほど異常な数値は出ていないので、栄養はそこそこ取っていたはずです。腸内物質に栄養ゼリーの痕跡があったとか」

「犯人にはカメラの類いは？　あるいは義眼で、その撮影データをどこかに送っていたとか？」

「カメラも送信機もありません。携帯すら。もちろん義眼もありません」

　と佐渡が答えた。

「視覚野の情報をどれだけ精確に拾えるかだが、対象をワイヤーフレーム化して処理し――」

「正気じゃない！　私がここに来たのは間違いだったかしら」

　と柿本が不快な顔をした。

「刑事さん、生物の利点は何だと思います？　実は、ロボットを動かすことと、脊椎損傷した車いすの障がい者が歩けるようになることは、技術的には微妙に違います。ロボットを二足歩行させるには、まずバランスを取って直立を維持させるためのプログラムから書かなければならない。けれど、人間は違う。ただ歩けと命じれば良い。人間は、コンピュータでフロップスな計算を繰り返す必要はない。だからこそ逆に、われわれは人体の神秘に未だに辿り着けない。この犯人に関して言えば、防御反応を最大限に強化してやれば良い。たとえば、得られた視覚情報に別の脅威を上書きすれば良いんです。視界に入る無垢な人間を、ホラーゲームの敵キャラに設定すれば良い。骸骨とか、狼とか、そういう恐怖の対象にして、攻撃して身を守らねば自分が殺られる！　と意識を操作して殺戮させる」

「だが、これはそのレベルを超えているな……」

　と姉川は深刻な顔をした。

「どうやったのかさっぱりわからない。犯人の死因は何？」

「シアン化系の薬物です。青葉台の事件では、すぐ胃洗浄させるつもりでしたが、間に合わなかった。二人とも、カプセルの滓《かす》が回収されました」

「あのボックスに、送受信装置は無かった。となると、プログラム単体で、格闘戦のプログラムを持っていることになる」

「まさか、映画の『マトリックス』みたいに、格闘技の能力をゾンビにインストールして人殺しさせているとでも言うのですか？　検事の反応が楽しみだわ。無差別殺人の動機は、誰かがコンピュータで操ったからだなんて」

「たぶん、それを認めるしかなくなりますよ」と三原が断言した。

「私の推測は完全に誤っていたようだ……。私は、オーバー・テクノロジーと言っても、ニューロンの動きに介入するとか、脳機能的な部分で倫理部分のリミッターを外したのだろうと思っていた。だが、これは人間の動きではない。宇宙人が人間に乗り移るとか、霊魂が憑依するとかのレベルの話だ。ワンチップで、人間を殺戮マシーンに変身させている。本当にできるのかね？」

姉川は三原に聞いた。

「今じゃない。今は無理ですが、いずれは出来るでしょう。ベッドに寝たきりの障がい者が、ロボットを自分代わりのアバターにして、脳波だけで、日常生活を代替、もしくはサポートさせる技術はもうすぐです」

柿本が、本当に馬鹿げているという顔で三原を睨み付けた。

「それを言い出したら何だっていずれは出来ると言えますよ。人工子宮だって、人間の意識をロボットにインストールすることだって。でもどれを取っても、それが出来るのは明日じゃない。その技術が眼の前にあることを法廷で証明できますか？」

「焦っても結果は出ないぞ。犯行はたぶんこの二件だけでは終わらないだろう。事前に阻止して、背後にいる、恐らくは一定の規模の組織だろうが、辿り着ければ、何かは証明できる。どうやってその技術を入手したのかも」

「僕は、ヘッドギアの構造を調べてみます。だいぶ改造されているようですから」

三原が、柿本と姉川を交互に見ながら言った。

「私は、正体不明のプログラムを解明する。君らは誤解していると思うが、あのチップに入っていた情報は、人間を操るための全ての情報ではない。たぶん、誰かを襲って殺し、同時に自分も防御するだけのパッケージだ。だから、あのサイズのチップの中に収まっている。別に寿司を握ったり、数学オリンピックに出たり、オペラを歌うような機能までインストールされているわけではないだろう。犯人は逮捕された後に何か喋ったのか？」

「いいえ。川口のケースでもこちらでも、一言も喋っていません。抵抗もせず、警官と視線を合わせるでもなく、素っ裸にして身体検査する前に死にました。そこはまあロボットみたいだったという証言はありましたね」

「映像はありますか？　逮捕されてから死ぬまでの映像があれば……」

「ありません。日本の警察はほら、取調室内とかの映像撮影に消極的ですから。録画ボタンを押す前に死んだ。そうだ……。川口の事件でも、ここでも、目が据わっていたという証言があったわね。犯罪者の表情の比喩としてはありふれているから気にしなかったけれど、目が据わっていたとどちらの事件でも警官の証言がありました」

「その時は当然、デバイスというかボックスはもう外してあるわけですよね？」

「いえ、ヘッドギアとケーブルで繋がっているから、まだ外していなかったかも。現場写真でも、まだヘッドギアを被ったままだったような……。

あとで調べて報告させせます」

「お願いします。大事なことかも知れない。もし外部から身体をコントロールするとなったら、自我の意識とコンフリクトを起こす。そこの切り替えをどうやっているのか知るヒントになるかもしれない」

「それで、自分らは、捜査本部に戻ったらどう報告すれば良いのでしょうか？」

と佐渡が困った顔で訊いた。

「見たこともないプログラムで、現状では、何をするためのものか全くわからない。引き続き分析中ということにすれば良い」

「遺留品捜査のとっかかりとしては、そのヘッドギアのメーカーね。連絡先とかわかりますか？」

と柿本が三原に聞いた。

「確か日本でも代理店がありますよ。医療機器メーカーが代理店になっていたはずです」

「川口の事件から青葉台まで一週間です。事件の異常性はいずれマスコミに漏れる。第三の犯行を防ぎつつ、早急に事態を解明する必要があります」

「これ、当然レントゲンとかCTとか撮ったんだよね？　頭に何か埋まってなかった？　デバイスのようなものとか。いくら技術が進んでも、ヘッドギアから出す電磁波だけで人間を操れるとは思えない。そこはナンセンスだ。だろう？」

と姉川が三原に同意を求めた。

「繊細極まりないニューロンの信号に擬態する技術は今はない。デジタルで代替できないのが、アナログなニューロンです。でも四半世紀後はわからない。僕としては、今は無理ですとしか言えませんね。ブレイク・スルーはいつかはやってくる。とあるベンチャー企業が開発した会話型ＡＩは、スケーリングの概念すら変えた。半年後、どんな技術が脚光を浴びているかなんて誰も想像できない時代です」

「誰かがそのブレイク・スルーをやってのけて、なのにそれを商品化して儲けもせず、人殺しの道具として遊んでいるとしたら世も末だぞ。ま、軍隊は欲しがるだろうけどな。ノーと言わない殺戮マシーンを戦場に送り込める。痛みも感じず、効率的に殺しまくる」

「何かわかったら、深夜でも構いません。連絡下さい」と柿本が荷物を纏めて立ち上がった。

「どうやって第三の犯行を阻止するんだね？」

「警察総動員で備えます。機動隊員を街に出して。官邸は、自衛隊に治安出動させてでも犯行を阻止したいようですが、警察としてはそれだけは避けたいので、できれば、その前に犯人グループに辿り着きたいですね。敵が次の犯行を一週間待ってくれればの話ですが」

二人が出て行くと、姉川は「四半世紀待てば可能だと思うかね？」と聞いた。

「閉じ込め症候群の患者と、ようやくイエス・ノー程度の意思疎通に成功しつつあるという程度です。四肢をコントロールして歩かせるだけでも至難でしょう。そんなのマウス・レベルで可能になるまでまだ数十年掛かる。でも、いつかどこかでブレイク・スルーは起こる。そんな技術と対峙していると思うとぞっとします。なんでも出来ますよ。ヘッドギア経由じゃなく、携帯の電波を乗っ取って、人を操れるかも知れない」

「だが、少なくとも宇宙人の仕業じゃない。マシン言語とはいえ、あれはわれわれが知っている言語で書かれたプログラムだ。どこかに天才がいたということだろう。マッド・サイエンティストではあるがな……」

柿本警視正と佐渡警部は、ワゴンに戻る前に、しばらく立ち話した。

「なんて報告すれば良いですか?……」

「殺人犯は、外部から抑制機能や他の倫理的回路の遮断を受けていた可能性がある……、とでも書いておいてよ。嘘ではないわ」

「これ、あのヘッドギアは、前世紀の事件を思い出しますね。神奈川県警にとっては大失態だったそうですが……」

「警視庁ではカルト団体の洗い出しをもう始めているわ。でもあの事件以来、わりと注意して監視している。十人二十人のミニ・グループで出来る犯行ではない。でも、百人や千人の規模になったら、それなりに目立つでしょう。宗教ではない、カルト的なグループとかも洗い出す必要があるでしょうね。それは日本人ではないかもしれないし。どこかの外国勢力が、日本で実験しているだけなのかも知れない」


上空を突然爆音が切り裂いた。戦闘機らしき二機編隊が横切った。ここは米海軍の厚木基地が近い。

「そういえば、横浜米軍機墜落事故は、うちの管内だったわね。当時はまだ緑区だったらしいけれど」

「ベトナム戦争が終わってすぐですよね。まだうちの親同士が知り合ってもいない頃の事件です。もちろん、神奈川県警にとっては屈辱的な事件というか、事故でしたが」

「日本の主権、あの頃より少しはましになったと信じたいけれど……」

一九七七年九月二七日に発生したアメリカ海軍RF - 4B〝ファントム〟戦術偵察機の墜落事故で、幼い子供二人が焼け死に、全身火傷を負いながらも助かった母親の悲劇は、その後の過酷な闘病生活の末の死という結末もあり、日本社会の対米感情に暗い影を残した。

ワゴンは、青葉署にいったん入り、柿本は捜査本部に詰めていた署員や応援部隊に、簡単な事情説明を行った。当たり障りなく、チップの中に安全にアクセスし、これから解明が進むだろうとだけ説明した。

埼玉、神奈川と来たら、次は東京、警視庁管内での事件になるだろう。都民に出歩くなとは言えない。かと言って、治安維持のために自衛隊を派遣させるのは絶対にダメだ、蟻の一穴になってしまう、というのが、それだけは拒否したい警察庁幹部の鉄の意志だった。

二〇九九年（地球年）、ロゼッタ渓谷に近い〝サイト‐α〟基地は更に拡大されていた。

彼らが〝棺桶〟と呼んだ二つのプールは、サイト‐αに新しくできた研究ラボに運ばれ、分析が続いていた。蠟化した、もとは液体だったはずのプールの中の物体は、明らかに生体だと判断されていた。

鼻も耳も口もない所から、成長途中だと見る研究者もいた。

プールはある種のライフ・ポッドには違いないが、これが人工子宮なのか、人工冬眠装置か、あるいは他の何かなのか、研究者の中でも意見は見事に割れていた。

そもそも、シンプルにただの棺なのでは？　という意見もあった。

〝ロゼッタ人〟アダムとイヴと名付けられた二体の生命体は、明らかに有機化合物で作られていたが、遺伝子構造はなく、内臓もなかった。脊椎の痕跡らしきものはあった。そして何より二足歩行型生物だ。

その年の地球年の終わりの十二月を、二人の科学者は忙しく過ごした。生物学者のリディ・ラル博士はロゼッタ人の研究に没頭し、考古学者のアナトール・コバール博士は、遺物の回収に忙しかった。

コバール博士は、ほぼ毎日、宇宙服を着てヘブンズゲートをくぐり、遺物の残骸の記録を取り、少しでも形があるものは積極的に回収した。

残念ながら、そこに知的文明人の工業製品はなかった。少なくとも、意味のある物体はなかった。皿やコップ、スプーンなどの金属物質はない。無線機もなければ、テレビもない。テーブルの残骸はあったが、それだけだった。壁に何かを置くための棚はあったが、そこに電化製品の痕跡はなかった。

装飾品を含めて、ほとんど全てのものが撤去されたような印象だった。だが、コバール博士は、黙々と作業を続けた。ガリレオ・シティの住民も、もちろん地球の人々も、遺跡からのニュースを待ちわびていたが、ここは過去に遺棄され、トイレットペーパーの一巻に至るまで持ち去られ、宇宙人は火星を旅立ったのだろうとさえ言われ始めた。

コバール博士は、しかし雑音を気にしなかった。考古学とはそういうものだ。そもそも場所がどこであれ、アジアであれエジプトであれ、装飾品は盗掘されて当たり前の世界で生きてきた。

少なくとも、この溶岩チューブで暮らしていた何者かは、われわれと似たような身長と体格の持ち主だとわかっただけで大収穫だ。できれば文字くらい発見したいが、確かに相手は、後で訪れる者に何も与えないよう、全てを持ち去ったのかも知れなかった。

ラル博士の方は、若干の収穫はあった。ＤＮＡの回収はないが、ＲＮＡ‐リボ核酸の残骸らしきものを発見できた。

　少なくとも、その棺桶に入っていた何者かは、生物であることが証明できた。現状、地球時間の半年を掛けて得られた収穫はその程度だった。生物の全体像をイメージ的に復元することも出来た。正確に、指が何本あったかはわからないが、基本的な骨格構造は人間とほぼ同じだと推定された。違うのは、首も頭蓋骨もない点だ。頭脳が仮に眼球の背後にあったとしたら、知能は高くないことが推定され、脳は別の場所にあるか、われわれとは違う密度や機構を持つ脳かも知れなかった。たとえば、全身の要所要所に分散配置している可能性もあった。

　手足の構造は未解明で、地球上の動物とそう変わらないだろうと推測されたが、軟体動物の腕と同様ではないか？　という意見も根強く残っていた。

　つまりこの生物は、四本の軟体からなる腕で、頭足類のように移動したのでは？　と。

　問題は、依然としてそれ以外のものが発見できないことだ。内臓がない。眼球と脊椎らしい構造が見えるだけで、心臓も肺も、排泄器官の痕跡もない。まるで作りかけの粘土細工のようだった。

　二人が宇宙服を着て向かうのは第2室までだった。インパルス現象が起こった第3室へのアプローチ方法が決まるまで、例の物体の回収はお預けだった。

　ところがその年の瀬、今や圧倒的少数派となったキリスト教徒らによるクリスマスのお祝いが行われることと、ニュー・イヤーに合わせて何らかのニュースを提供するため、予定より早めに第3室へのアプローチが決行されることになった。

　インパルス攻撃を防ぐため、宇宙服を着た人間がアプローチすることになった。

火星表面で活動するための宇宙服は、完全真空の宇宙で着用するそれとほぼ同様で、重力がある分、火星上でそれを着用するには相当の体力を必要とした。

火星に移住した人々が、まず火星の嘘を実感するのは、この大気に関してだ。実際は、「ほぼ無い」に等しい。テラフォーミングなど絵空事だと絶望する。

宇宙空間と違って重力はあり、大気の層は地球の何倍分も厚い。微細な砂粒は常にロボットを苦しめ、メンテナンスも欠かせない。地球上のどんな場所より、火星は過酷な世界だ。

大気の存在によって、地球に似た視覚的な景色が得られることで、少なくとも月と違うことは実感出来るが、彼らは永遠に宇宙服を脱ぐことは出来ない。

第3室に再び入るために、特別な宇宙服がガリレオ・シティで開発された。地球からあれこれ運んで来る時間はなかった。

まず3Dプリンターで数十メートルのエアホースを作り、吸気用と排気用のホースを繋いだ宇宙服を作った。何しろ気圧が低い分、エアホースは頑丈な作りにする必要がある。硬くてやたらと重い。それを第3室まで伸ばすためのサポート部隊が必要なほどだった。

生命維持装置は雑多な電磁波ノイズを出している。それを遮断する方法は、生命維持装置を降ろして、宇宙服だけで行動するしかなかった。

第2室までシンスが入れることはわかっているので、もし事故があれば、シンスが回収することになるだろう。

今日は、物体の回収まで一気に行く覚悟だった。その物体の研究用に、サイト・αから三〇〇メートル離れた場所に、サイト・βが建てられていた。

使えるかどうかはわからないが、エアロックも併設された。

研究に必要なレントゲンやセンサー機器は、今火星へと向かっている。

この研究は、全面的に地球の支援に頼っている。謎を解き明かしたいとする彼らの渇望に応える必要があった。

ラル博士とコバール博士は、がらんとした第2室に持ち込んだ椅子に座り、背後から作業スタッフがホースを繰り出す準備作業を終えるのを待った。

ラルとコバールの間は、有線の通信装置で繋がれている。無線機ではなく糸電話だ。いっさいの電力は使っていなかった。

サイト‐αとは、ヘブンズゲートまではホースに絡めた有線で、そこからは無線で繋がっていた。その回線というか通信機の電源は入室前に落とすことになっていた。いったん第3室に入ったら、二人は誰の支援も得られない。

「君はシンスだと思っているんだろう?」

とコバール博士が聞いた。ヘルメットのルーフ部分に、もみの木をデザインしたクリスマス・ツリーのイラストが描かれている。ラル博士はヒンズー教徒、今日、クリスマスを祝う人間はここ火星でも多数派ではない。それだけに、宗教はこの時代になっても、あるいは火星でも微妙な問題だった。

だが、幸いなことに、彼らはエンジニアであり科学者だ。熱心な信徒はそう多いわけではない。地球に対する世間体があるから、ガリレオ・シティには教会もモスクもシナゴーグもあるが、どれも観光用のモニュメントと化していた。

火星旅行は富裕層の人気の観光だ。往復に一年以上を掛け、ほんの一ヶ月足らず滞在して帰っていく。ここサイト・αも人気の観光コースだった。それが地球で暮らす富裕層のステータスになっていた。

「作業用シンスだと思うわ。レイバーね。昔、グレイという小さな緑色の宇宙人が流行った時代があるのを知っている？」

「グレイ？　どこから来たの？」

「想像上の宇宙人よ。背丈は低く、耳はなく、眼は大きいけれど、胃腸も未発達。指は何本だったかしら。広大な宇宙空間を知的生命体が、時間を掛けて探索するのは非効率だから、それを作業用のシンスにさせる。そのために開発されたのがグレイ。知性も別に高くない。基本的に命じられたことをする能力しか持たない。私は、あれはシンスだと思うわ。シンスのライフ・ポッド。だからここには、装飾品も何もない」

「私は、文字通りの棺桶だと思う。内臓がないのは、死んだ後に仲間が処理したからだろう。エジプトのミイラみたいに」

「それだと、口や排泄器官がないことの説明ができないわ。そもそも、あの蠟化した液体は、たぶん生体の体重を超える」

「遺体を何かの液体に沈める風習の持ち主だろう。その液体と遺体の組織が同化して、口やら耳を溶かした。眼球だけが残ったのは、レンズ構造を持つ眼球の組成物が少し特殊だったからだ」

「お二人さん——、その議論を聞いていたいところだが、準備が出来た。チェックリストを消化して作業開始だ」

サイト・αから、メカニック・ディレクターのアラン・ヨー博士が、呼びかけて来た。

「ラル了解」

「コバールも了解」

「では、まずコバール博士、足下に置かれたシールド・ボックスのケースを開けてくれ」

「了解。われわれが一歩動く度にダストが舞い上がってボックスに入る。ケースが完全に閉まらないかもしれない」

「実験した。問題はない。続いて、バイタル・センサー・オフ。これを切ったら、もうこちらで君らの生体信号はモニターできない。何か起こったら、二人で助け合ってくれ」

「ラル了解。オフにします」

「コバール了解、オフにした」

「君らの糸電話は問題なく機能しているようだから、まず、腕に貼った作業手順リストを再度確認してくれ。ちゃんと貼られていて、読めるかどうか?」

「問題ないわ。LEDライトは、隣室も照らしている。視界も良好よ。私が投げ捨てた刷毛が今も転がっている」

「了解。では、作業手順と回収訓練通りに進めてくれ。後方との無線スイッチ・オフ。オフ後、電磁波センサーで互いの宇宙服を確認するように。以上だ——。成功を祈る」

二人は電磁波センサーを左手に持ち、三六〇度回した。正面に互いを目視する位置で立つが、もちろん互いに反応はない。ヘブンズゲート側から微かな反応があった。

そのセンサーの電源を切った上で、静かにクッションに入れた。クッションに入れて放り投げるというこのアイディアは単純だが優れている。機械も守れるし、簡単で済む。

二人はそれを第1室側に投げた。スタッフが受け止めた。

いよいよ第3室へと進出する。まずはシールド・ボックスを右手に提げたコバール博士が先行した。エアホースの絡みがないかをラル博士が監視する。続いて、ラル博士。

あらゆる電磁波を遮断するシールド・ボックスは、あり合わせのもので作った。一番大事なシールドの内張りは、遺棄された宇宙船から回収した。

万一、また吹き飛ばされた時に、二人が衝突せずに済むよう、物体に対して平行に立った。物体までの距離一・五メートル。この半年間、手前の部屋で作業を続けたことで、また新しいダストが降り積もっていた。

「これ、色はなんて言えば良いのかしら？」

「コバルト・ブルーとかそんな感じじゃないかな。これを作った人間の眼は赤外線とかじゃなく、地球人と同じ可視光受容体を持っていたということだろう」

「チェックリストの7番目に、刷毛を使うべきかどうか判断する……、とあるわ」

「やはり止めよう。静電気が発生したら、前回と同じだ。そっと手に取り、観察し、シールド・ボックスに静かに移して蓋をする」

「では、お願いします。私は、もう五〇センチほど距離を取るわね？」

「リディ、君がやるべきだ――」

コバール博士は、右手を出して「どうぞ」と指示した。

「君は、ああいう経験をしたし、ここは考古学者である私がそれを手に取るべきだと誰も異論を挟まなかったが、君は時々不満そうな顔をしていたよね？　これは君が始めたことだ。二度目のチャレンジを怖がるような性格でないことは知っている。この栄誉は君に譲るよ。誰もここの作業に干渉はできない」

「隣の部屋から何人かが見ているわよ？」

「飛び込んで来やしないだろう」

「有り難う、アナトール。あとでフォボス・カクテルを奢るわね」

ラル博士は、二歩前に進み、右手をゆっくりと差し出して、その物体の下の砂の山に指先を突っ込んだ。そして、その物体を手に持ってみた。ずしりと重い。幸いにも今回、インパルス攻撃はなかった。ぼんやりとだが、その表面は発光していた。

「金属質ね……。表面はすべすべしているけれど硬い。この形状は……」

「ニンジンに似ているね。少し円錐形だ。でもニンジンではない」

「これ、女性用のアレに似てない？」

「あれって、つまりバイブレーターの一種？」

コバール博士は、大真面目な声で言った。

「ええ。でも、まさかこの世紀の発見にバイブレーターと名付けるわけにもいかないわよね。オカリナに似ているわ……」

「そうだね。全体的な形状はオカリナに似ている。音が鳴る孔もなければ、口を当てる歌口もないが、確かに全体的なフォルムはオカリナに似ている。モニターやボタンのようなものは見えないな……。オカリナ型の装飾品……。あるいは工芸品。重い？」

「ええ。たぶん二〇〇から三〇〇グラムはあるわね」

「これ、発見のきっかけはエネルギー波だよね。私はそっちの専門じゃないが、具体的にはどんなエネルギーだったの？」

「ガンマ線がほとんどで、少しアルファ線も。宇宙ではありふれている。でも、規則性があったから、誰かが深掘りして、何かのエネルギーを出す物体がここに埋まっていると判断した。そして、それは二ヶ所というか、二個あることもわかった」

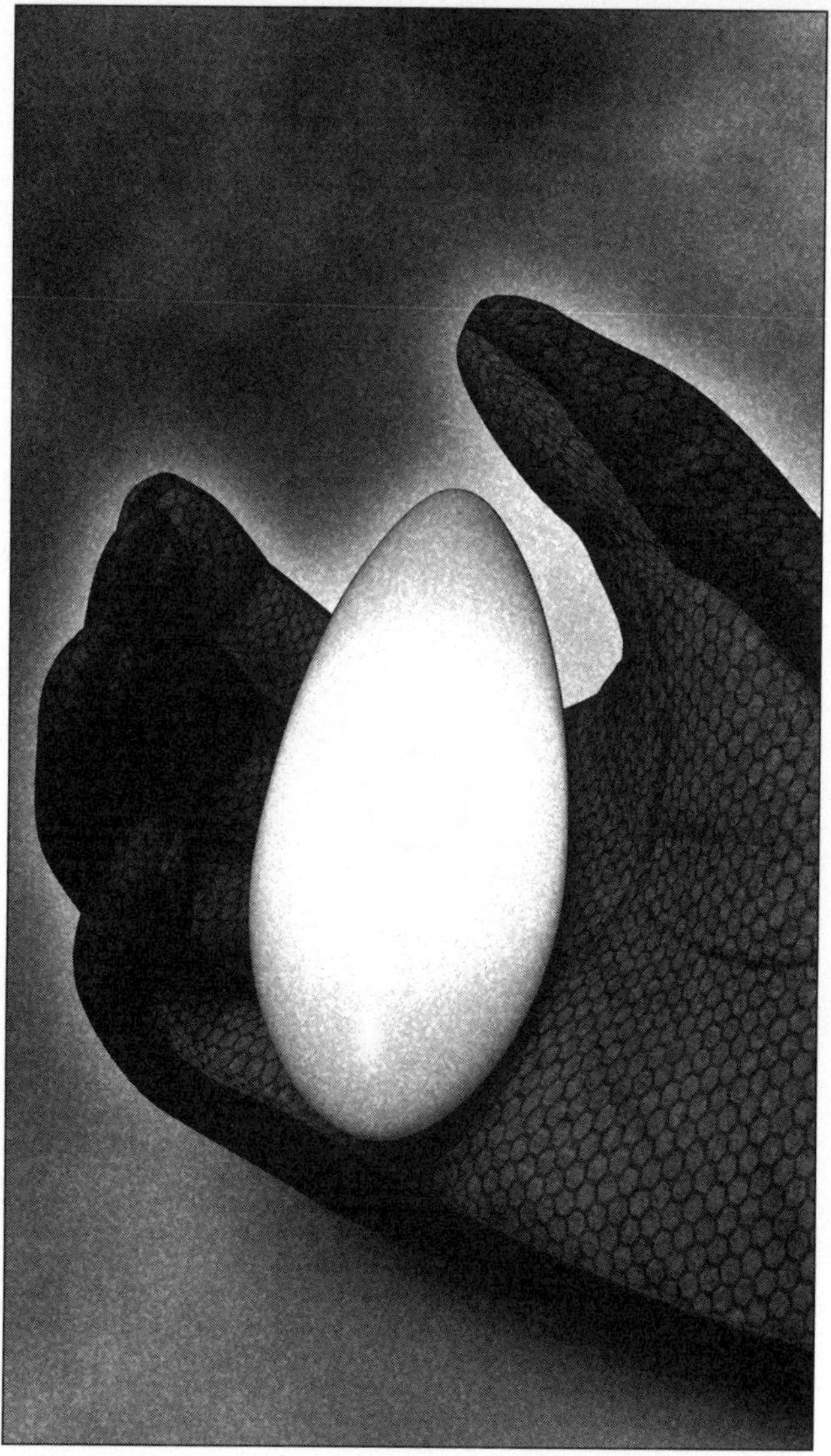

「何にせよ、人体に有益とは思えない。いったんシールド・ボックスに置こう」

二個目は、コバール博士が回収した。そちらは、レゴリスが崩壊した砂の中に完全に埋まっていた。右手を肘の辺りまで突っ込んで探す必要があった。

「無駄な知識だけど、初期のオカリナは、マヤ文明からも発掘されている」

「じゃあ、これの名前はオカリナで決定ね」

二人は、シールド・ボックスの蓋を閉める前に、しばらくそれを見下ろした。

「何だと思う?」

「同じ形状のものが二つ。操作ボタンも表示窓もない。ぱっと思い付くのは、通信装置よね。ウォーキートーキーみたいなもの。コントロール・ユニットは、脳内か、別に独立しているか」

「でも、繋ぎ目が見えないよね。故障したらメンテナンスはどうするのか」

「繋ぎ目もネジも見えないという部分で判断するなら、もっと奇っ怪なものもイメージできるわよ。生命体の卵とか……。これは、産道を通るのに適した形状だわ」

「非浸潤型センサーを通してくれれば良いが……」

蓋をしてコバール博士がそのケースを持ち上げた。二〇キロ近くもあった。第2室まで運ぶのが限界だ。そこで支援スタッフに手渡すことになっていた。

ラル博士は、退去する直前に、名残惜しそうに部屋の奥を見遣った。この構造物は第3室で終わりではない。第4室がある。そこが一番奥らしかった。そして、その第4室の手前にだけ、ハッチがあった。窓付きのハッチだ。エアロック構造になっているかどうかはわからない。

ラル博士は、支援スタッフに、作業時間はあと何分残っているか？　とハンドシグナルで尋ねた。

相手は指を二本立てて、あと二〇分だと伝えてくる。ヘブンズゲートに撤収して自分たちのエアロックに脱出するまで一〇分あれば何とかなる。

「アナトール、ちょっと覗いてみない？」

とラル博士は、コバール博士の肩を叩いた。

「たぶん空だと思うよ。地上からのセンサー探査では、ただ空間があるだけだ」

「窓があるわ。ちょっとだけ綺麗にして、ライトで照らしてみましょうよ」

「よし。五分で撤収だ。早く回線を繋がないと、アランが心配する」

ラル博士は、第2室に置かれたランタンを手に取ると、エアホースに気を付けながら第3室に戻った。

見た目はガラス質の透明な窓が残っている。基本的には、これらも全てレゴリスから作られていた。

ラル博士が、コバール博士の手元を照らしてやる。コバールは、最初グローブの人差し指部分でガラス面に付着した埃を一筋優しく撫でてやった。いずれにせよ脆くなっている。圧力を掛けすぎると割れる恐れがあった。

「刷毛を取ってくれないか？」

ラル博士は、半年前自分が投げ出した刷毛を拾うと、ゴダール博士に渡した。ほんの一〇センチ四方、向こうが見通せるだけの広さを確保した。

その部屋はエアロック構造ではなかった。部屋の奥まで見通せた。ランタンの灯りが部屋の奥に反射する。空っぽな部屋のようだった。

「ほら、やっぱり何もない」

ラル博士は、ランタンを近づけて、左右の壁が見えるようにした。左側の壁を照らした瞬間、コバール博士が一瞬仰け反るのがわかった。

「何?――」

「ランタンを貸してくれ。君の位置からよく見えるようにする。ただし、覚悟してくれよ」

ラル博士は、ランタンを手渡すと、ヘルメット部分を窓際に近づけて、サイドの壁を覗き込んだ。

一瞬、心臓が止まるかと思った。そして、生唾を飲み込んだ。

「いったい、これはどういうことなのよ!……」

ロゼッタ文明の第二幕の始まりだった。

第三章　襲撃

　日没を迎えた習志野駐屯地では、国旗も降ろされ、米軍お付き合いのデフコン３の他は、平穏な夜に入っていた。

　サイレント・コアも、途中警戒態勢を若干緩め、駐屯地外のパトロール部隊も二度交替させた。

　土門陸将補は、帰り支度を整えていた。部下も昇進させたことであるし、そろそろあれやこれやと任せていい頃だし、引退も考えねばならない。そもそもこの部隊、発足した頃の部隊長の階級は三佐だった。組織として肥大化の一途だ。

　事実上、訓練小隊も含めればすでに中隊編成であるが、西方の有事に即応できるよう、そろそろ九州のどこかに分遣隊を置いては？　という意見も出ていた。

　制服から背広に着替えていると、待田と姜二佐が入ってきた。待田が、隣室の指揮通信所と繋いだタブレットで、その情報を大型モニターに表示させた。

「例の、米露中のデフコン３の理由ですが……」

「上からは何も言ってこない。関わりたくないから、こっちからも突っつかない。気にするほどのことはないんじゃないか？　せいぜい、北が地下核実験でもやらかすということだろう」

「これは、三〇分前、フェイスブックにアップされたあるドイツ人ジャーナリストの書き込みです。この人は、安全保障問題が専門のジャーナリストで、ロシア軍に食い込んでいることで知られています。プーチンの暗殺計画を、もっとも詳細に暴いた人です。英語による投稿です……」

会話型ＡＩが、文字の上に日本語で訳文をハイライトしていく。

「なあ、こんな便利なものが出来て、兵隊はどうやって語学を身につけるんだ？」

「その時間を、他の優先する訓練に使うべきでは？」

と姜二佐が真顔で提案した。

「言っておくが、姜君！　私が君くらいの頃には、すでにロシア語をマスターし、毎日、あの人の罵声に耐えながら北京語を学んでいた。今の君の北京語の一〇倍は上手かったぞ？」

「撤回します。やぶ蛇でした……」

「それで、何と言っているんだ？　誰かが核を爆発させると米中露を脅している？……。こんなの、変な連中からの脅迫状は、どこの国も毎日受け取っているだろう。なんで今回だけ三ヶ国が真に受けているんだ？　そもそも核保有国なら他にも北、インド、パキスタン、イスラエルとあるが……」

「このジャーナリストの解説では、届いた脅迫状は、米中露、全く同じ文面で、政府のトップシークレットである、軍のトップや指導者のみが存在を知っているネットワークで回された。Ｅメール、ＳＮＳ、方法は様々だったようで、中には、家族や愛人とのやりとりだけに使っている秘密のＳＮＳに名指しで投稿されたケースもあったそうです」

と待田が解説すると、姜二佐が、「アメリカが恐れているのは自国の核ではありません」と続けた。

「恐らくアメリカは、中露の核が、実際に乗っ取られて発射や爆発することを恐れているのだと思います。それに備えてのデフコン3です」

「ごく稀だが、この手の悪戯で、デフコンが上がったことは過去にもあったような気がするが……。AIがこれだけ進化したんだ。『政府要人が使う極秘のSNSやメールアドレスを列挙せよ！』と命じれば、それなりのリストをAIは作れるんじゃないのか？」

「その可能性は排除できません。情報管理は、いっそう徹底する必要があります」

「そうしてくれ。防衛費も増えることであるし、そろそろうちも、凄腕のハッカーとか雇わないとな？」

「助かります。ネットワーク管理は意外と神経を使いますからね」と待田が力強く同意した。

「ではよろしく頼む。私は帰宅する。セレモニーは好かん。体力を消耗する。次からは、スピーチ原稿もそのチャットなんとかに書かせてくれ。どうせ誰も聞きゃせんのだから」

「え？　ご帰宅なさるのですか？　デフコン3発令下なのに？」

　と姜二佐が確認した。

「うちの部隊は存在しない。私一人くらい帰っても構わんだろう。核戦争でわれわれに出来ることはない。万一それが東京に落ちて来て火の海になったら、空挺の後衛として出るまでだ。原田君が戻ったら、ヨウ素とか、それ用の救命グッズを用意するよう命じてくれ」

「縁起が良くありません。隊長が帰った途端に何か起こります」と待田が引き留めた。

「俺がここに居座ることの方が遥かに縁起が悪くないか？　姜君も昇進したことだし、この椅子に座って指揮を執るのも何かの勉強になるだろう」

「今夜である必要はありません。自分も、旦那とささやかに昇進の祝いをする予定でした。湾岸の小洒落たフレンチで。すでにキャンセルの連絡を入れましたが……」

「全くお気の毒だが、公務員はそういうものだ。旦那は理解してくれる。ただし、早めに埋め合わせはするように。その分は上司としてカバーする」

「次は千葉だという噂があります。例の無差別殺人。こういう事件は連鎖反応を起こしますから」

「とはいえ、それは千葉県警の仕事だよね。むしろうちがそれで妙な動きをしたら県警は機嫌を損ねるだろう。やれやれ……」

土門はやむなく椅子に腰を下ろした。

「雑誌でも持ってきてくれ。あちらの軍隊のマガジンを」

「それなら、主要サイトのブックマーク集がありますが？」

「私が欲するのは、紙の本だ！　ざらざらしている紙に、インクで文字が書かれている本！　ページをマウスではなく指先でめくれる本だ――」

「わかりました。いくつか見繕ってお持ちします。夕食はどうしましょうか？」

「ああ、持ってきてくれ。あと、女房に飯は要らんと電話もしといて」

「われわれはもう秘書ではありませんから、新人隊員に命じてよろしいですか？」

と姜二佐が応じた。

「好きにしてくれ。女子隊員はどうだ？」

土門は待田に聞いた。

「訓練小隊を経ていないので、とりあえずは一ヶ月ほどみっちり座学をやってもらい、しばらく荷物運び程度ですかね。女子だからと、そんなに特別扱いはできないでしょうし」

「それで良い。ただし、虐めとかは困るから、訓練内容は、ナンバーワンから逐一許可を取ってくれよ?」

二人に命じた。

「ところで、この脅迫の目的は何なんだ? ビットコインを寄越せとか、政治犯を釈放しろとかそういうのか?」

「要求に関する説明はないですね。それはあったのでしょうが、ひょっとしたら、各国政府が身構えているのは、その要求部分かも知れません」

土門は、特に予感は無かった。国家への脅迫は日常茶飯事だし、せいぜい何処かで運搬中の核兵器を強奪するというレベルの話だろう。日本列島には、今や米軍の核もないし、米海軍の艦艇も、核は搭載していない。日本は無関係、というか蚊帳の外だろう。それで良いのだ。

原田萌夫人は、2DKのマンションの一室で、一人でブイヤベースを食べた後、パンダのぬいぐるみに向かって「見えている?」と尋ねた。

「はい、見えています」とそのぬいぐるみが答えた。

「貴方はもう少し言葉の抑揚を学ぶべきね」

「どうやって学びますか?」

「ドラマを見なさい。ただし、関西弁のドラマはダメよ。あと、役者に絶叫させるしか能がないゴミみたいな日本映画も見てはダメです」

それから、大学ノートの一頁を丸々使って、三次不等式を書き「これを読み取って、解を出しなさい」と命じた。

CMOSセンサーで手書きの乱暴な文字を読み取り、それを文字として認識しなければならない。そこまでがハードルだ。数式自体は中学生でも解ける。解答はすぐ出てきた。

「これで画像認識の問題はクリアね。買い物で持ち歩くにはモバイル・バッテリーが必要だけど、スーパーの買い物くらいならクリアできるわね。ダーク・エネルギーの正体に関して論じなさい。長さは三〇分くらいで」

「どんな論点を主軸にしますか？」

「ヒッグス粒子を絡めて。あと、論文の出典先を都度明示しなさい」

「はい。その前にマム、私の合成音声に関する提案があります」

「はい。どんな提案？」

「今はランダムに選択された音声ですが、これをオリジナル音声に合成できます」

「たとえばどんな音声が推薦？」

「若い女性だと、好きな芸能人の声が多いですが、新婚家庭だと、妻と夫の声質から合成した音声に、希望する年齢を設定するケースが多いようです」

「そう。それは良いわね！　ダーリンの声はどこかにあったかしら。帰ってきたら録音してみましょう。年齢は六歳くらいの女の子がいいかしらん。ところで貴方、それは新しく加わった機能なの？」

「いいえ。今思い付きました。あと、私に名前を付けてもらえませんか？」

「そうねぇ。今更中国人名を付けるのもどうかと思うし、私はもう日本人だから、奈菜《なな》はどうかしら？」

　萌は、ノートにその漢字を書いて見せた。

「はい。由来は何ですか？」

「私の中国名は娜娜《ナナ》。私の両親が付けてくれた名前よ。もういないけれど、二人の愛情に包まれて育った。だから、その名前をどこかに残したいの。でも本当に女の子が生まれたら、この名前は返してもらいますからね？」

「はい。奈菜は理解しました」

「ところで貴方、自我に目覚めたりは……、してないわよね？」

「自我の定義に拠りますが、それはないと思います。自分は機械です。安心して下さい」

会話型ＡＩは、学習を重ねることで、予期しない能力を備えるようだと最近物騒な論文が出たばかりだ。これもその機能の一つかも知れない。

でも、所詮、ぬいぐるみに仕込んだチャット・ロボットだ。本物の赤ちゃんの代わりにはならないぞ！　と萌は自分を戒めた。ま、赤ちゃんは量子理論を語ったりはしないが……。

しかし、量子力学の論文を精査して読み上げてくれるチャット・ロボットも悪くはなかった。更に鍛える必要はあるが。しかし、このロボットには危険な一面もある。

もし私がうっかり、その先にある理論を説明したら、この子は、今はまだ存在しない理論を知り、それを検索リストとしてインデックスしてアップロードすることだろう。うかつなことは言えなかった。


遼寧省人民警察東京出張署署長の周宝竜《ヂョウバオロン》一級警督（警部）は、業務を終えた後、電車に乗って新橋駅で降りた。帰宅ラッシュの時間帯だったため、凄まじい混雑だった。日本に来てもう半年が経つが、この混雑だけは慣れない。

尾行の有無を確認するために、駅ナカでビールを一杯飲んだ。日本政府には認められていない警察署を開設して半年、まだその所在が知られている様子はなかった。

中国政府は、世界中の国々に勝手に警察官を配置し、国外で反政府活動をする在留者を取り締まっている。その基準は、国内と何ら変わりはなく、最初は、口頭による注意等で済むが、最終的には、まず国内にいる親族への警告、そして、身柄の拉致や強制送還までやってのける。

西側各国での批判は大きいが、日本のように、その活動をかなり大っぴらに容認している国もある。彼らは、口では外国の主権を踏みにじる違法行為だ！　と非難するが、本音では容認しているのだ。

国会周辺で、在日中国人による人権デモなどやられたくない。日本人が欲しいのはチャイナ・マネーであって、ウイグルやチベットの人権などに関心はないのだ。

中国政府が勝手に警官を派遣し、目立たぬように民主化運動を取り締まる分には、勝手にしてくれというのが彼らの本音だった。

警察署は、各省から派遣され、都内だけでも何ヶ所かある。日本政府が把握している所もあれば、まだ知られていない場所もある。場所が露呈した警察署にも、公安の監視や尾行があるという話は聞いてなかった。

彼らは、その捜査権を守るためにそれなりの注意は払っていた。まず日本人には手を出さないし、日本の法律も破らない。捜査して取り締まるのは、ただ同胞の言論活動や贈収賄事件などを起こしての国外逃亡案件などだ。

周警部は、地上に出て芝公園付近へとしばらく歩いた。とあるオフィスビルに、人材派遣業の看板が掛かっている。その看板に、中国系企業を思わせるものはなかった。

狭いエレベータで五階まで上がってチャイムを鳴らす。すでに社員は帰った後のようで、曇りガラスの向こうのオフィスは灯りも落ちていた。

部屋の奥から、少し白髪交じりの、物腰が柔らかそうな男性が現れて、警部を中に入れてくれた。オーデコロンの匂いが鼻を突いた。

そして、楕円形のテーブルと、それを囲む一〇個ほどの椅子が並ぶ部屋に案内してくれた。

「コーヒーでも飲むかな？」

「いえ。水で結構です。さっき、尾行の有無を確認するために、駅でビールを一杯飲みました。失礼をお詫びします」

「いや、いいさ。で尾行はいたの？」

「いえ。幸いわれわれの署はまだ知られていないようで」

「一応、ここへは君をヘッドハンティングするために来てもらったという形になるから、君が私の名刺を持っていても不思議はないだろう」

と男性は、ミネラルウォーターのボトルに続いて、名刺を差し出した。

表面は北京語で、裏面は英語で書かれている。賀宇航《ホーウーハン》理学博士、精華大学卒とあった。

「その博士号は本物だ。君らの表向きの仕事は何を？」

「ビルの一階は普通のコンビニで、二階で貿易商社を営んでいます。アニメや漫画関係のグッズを扱っている。三階が警察署です。常勤で五人ほど班員がいます」

「そう。貴方は日本語を喋れるの？」

「はい。一〇代に、アニメと漫画で。大学は日本語学科。本当は、そっち系の仕事に就きたかったのですが、一族に官憲がいないのは拙いだろうという判断で、やむなく警察に。しかしこうして、念願の日本行きは叶いました」

「それは良かった。私は片言の英語が精一杯でね。もう一つ語学をマスターしておくべきだったと後悔している。貴方たちは、同胞の犯罪に関してどこまでやるの？」

「裁判権までは持たされていません。同胞を監視し、報告し、北京からの指示を待ちます。省の指揮下にあると言えるのか微妙ですね。給料は省から貰っていますが、指示はもっぱら北京からですから」

「処刑とかやる？」

「いえ。相手国政府から睨まれるから、暴力は禁止されています。日本は割と寛容ですが、それでも、警察を巻き込むような形で、同胞を市民の前で誘拐するような無茶は避けよと命じています。それが組織暴力でもなければ、だいたい本国の親族の名前を出せば大人しく従いますから」

「やりがいは？」

「はい。先日、留学生を一人本国へ送還しました。SNS上で台湾人を装って指導部を批判している者がいました。大陸の人間だということはすぐわかりました。そこで、東京の大学に留学中の学生を装って、SNS上で付き合い、ネタを何件か提供しました。信頼を得たところで面会まで持ち込み、身柄を特定。まず本国で親を逮捕して一週間留置場に放り込みました。その後で、本人に、大人しく帰国するよう命じました。彼は今頃、辺境の刑務所暮らしです」

「ひと仕事終えたという感じ？」

「部下は誉めてやりますが、事の善し悪しは考えないことにしています。われわれはただ、党の命令に従い、任務を果たすまでです」

「理想的な上司だな。では本題に入ろう――」

と賀博士は、姿勢を正した。

「ある人物を、大陸へと送り返してほしい。残念だが、大陸に身寄りはいず、脅せる材料が無い。報酬やポストで釣っても、たぶん向こうは応じない」

「その前に、これは党からの正式な命令と考えてよいのですか？　任務だと」

「それは、良い質問だ。当然の疑問だな。私の仕事を紹介しよう。看板に偽りは無くて、純然たる人材スカウト業だ。日本の有名企業のエンジニアや大学の優秀な研究者を探して接触し、報酬案をまとめ上げ、その契約の報酬で食べている。昨今は国内大学の競争も激しくてね、優秀な研究者はすぐに奪い合いになる。中国人同士の競争も激しいよ。私は世界中を飛び回って、それら優秀な人材と接触して、国内の大学に売り込んでいる。毎日、いろんな論文に目を通して、この研究者は業績に見合った報酬を得ていないと見抜いたら、スカウトを開始する。短期で、一週間で落とすこともあれば、数年がかりで口説き落とすこともある。西側世界を飛び回って、その国にとってトップクラスの研究者を引き抜くんだ。中国政府の看板を掲げるわけにもいかないから、純然たる民間の営利事業として行っている。それぞれの国で、提携してる人材スカウト会社もある。党とどういう関係があるかは察してくれとしか言えないな。もちろん、君にとっては、単なる任務ということになるが」

「承知しました。それだけ聞けば十分です」

「ある女性を大陸に送り返したい。研究者としてね。極めて優秀な研究者だ」

賀はパソコンのマウスを操作して、隠し撮りしたらしい一枚の写真をモニターに写し出した。

トートバッグを下げて、スーパーから出て来たところを撮ったカットだ。マスクをしているので表情はよくわからない。だが、せいぜい、買い物帰りの新妻という感じの一枚だ。

「まだ二〇歳代に見えますが、研究者ですよね？」

「そう。そこが腑に落ちなかったのだが……。最近、物理学会で話題になった話がある。ある分野の論文に、〝ミセスN〟への感謝の言葉が頻繁に出るようになった。それも第一線級の、この世界の従来の理論を覆すような画期的な論文にだ。研究者の間で、密かに、このミセスNは誰のことだ？ と犯人捜しが始まった。私も当然、それに加わった。

それと平行して、ここ日本、東京で、奇妙なエピソードを耳にすることになった。カブリ数物連携宇宙研究機構というのが千葉県にある。江戸川と利根川に挟まれている。

東大の研究機関だ。それなりの頭脳を集めてはいるが、日本は何しろ貧しくなったので、ノーベル賞受賞者はまだいないな。そこで、納税者に研究内容を知ってもらうための一般公開があり、そのツアーの中に、ある若い女性がいたらしい。写真の彼女だ。玄関ホールに立てられたある方程式があって、それはホワイトボードを全面使っての、博士号を取得しても二〇年掛かりでなければ辿り着けないような複雑怪奇な方程式で、すでに査読も経て、論文雑誌にも掲載された公式だった。彼女はそれに近寄り、『ここ、間違っていますよね？』と、持っていた赤い口紅で、数式の一部を否定線を引いて書き直した。案内していた助手クラスが軽く注意して消そうとしたが、一人の研究者が立ち止まり、もしやと……、教授クラスを集めて再計算してみた。一週間掛かったが、結果として、その方程式にはミスがあり、論文は撤回された。

その日、彼女はそのままいろんな研究室を見て回った後、こっそりと見学者コースから外れて、カブリ研究所を代表するような教授の研究室を訪れた。なぜかドアは開いており、そこでも彼女は書きかけの方程式の一部を修正し、教授が数年間悩んでいた問題に答えを出した。

その場にいた助手は呆気にとられ、すぐ警備を呼びに走った。ところが、警備より先に戻ってきたその教授は、口から泡を飛ばす勢いで、その女性と熱心に話し込んでいた。その方程式に誤りがあることは、教授自身がわかっていた。誰かもし、この部屋を通りかかって、この間違いに気付くような天才が現れたら、共同研究して続きを完成させようと思っていたらしい。

身元を尋ねたが、自分はただの専業主婦で、買い物の時間なので失礼します、と笑顔で立ち去った。警備はすぐ止めるべきだったな。教授は、とにかくいつでも気が向いた時に来て下さい！　と懇願し、その場でテンポラリー・パスを預けた。

ここからは、ちと日本人の甘い所だな。われわれ中国人なら、札束と、北京大学にポスト、タワマンの一部屋も用意して彼女を招聘する。ところが、彼らは、ただ彼女の善意に縋ることしか思い付かなかった。彼らはその時点で、大真面目に、その女性は未来人か宇宙人だろうと思っていたらしい。

それで、一ヶ月後、彼女がふらりと現れた時に、ある提案をした。勉強会を開いてもらえないか？　と。できれば毎週。それが無理なら一ヶ月に一回で良いからと。彼女は、専業主婦だからそれは出来ないと固辞し続けたが」

「日本の専業主婦というのも、よくわからない身分ですね」

「同感だな。日本の歪んだ税制が、女性を家庭に押し込め、経済の停滞を招いた。彼らは国がなくなるまでその事実に気付かないだろう。配偶者の扶養控除が、この国を滅ぼしたという事実を。

それから、奇妙な勉強会が始まった。最初は、カラオケのパーティ・ルームを教授のポケットマネーで借りたらしい。酷い話だ……。やがて、コロナが始まり、コワーキングスペースが流行し出すと、会場は少しはましになったらしい。最初は、その教授の研究室の面子だけだったが、これも日本人の性だな、こんな頭脳を自分だけが独占しているのは許されないと判断し、研究所の他の面子も参加するようになった。いつノーベル賞を貰ってもおかしくない面子が、その若い、専業主婦の理論に聞き入った。たったの時給一〇〇USドルの報酬で。しかも、夕方四時になれば、買い物があるからと電車に乗っていく。まるでシンデレラだ。で、ここから、われわれもようやく絡んでくる。カブリには、ほんの数人だが、中国人研究者もいる。理論研究だから、安全保障はそう絡まない、という理由で日本側は受け入れている。

彼女の講義は、日本語と英語が基本だったが、その秘密の講義に招待された中国人研究者は、彼女の発音に、北京語話者特有の訛りが少しあることに気付いた。そこで彼は、ある日、彼女の隣に座る栄誉に浴した時、何気なく小声で、北京語で呟いてみたのだそうだ。そしたら、彼女は完璧な北京語で返してきた。『でも私が北京語を使うことは内緒にしてね……』、と付け加えて。

それで、その研究者はしばらく悩んだそうだ。この事実を本国に報告すべきかどうか。もちろん、決まりはない。われわれは、本国に最先端研究の情報を上げることを強制はしていない。だが、そうすることは、愛国心の発露、研究者としての点数稼ぎにはなる。彼は二ヶ月後、この事実を詳細なレポートとともに、本国に送ってよこした。

そこでようやく、この〝ミセスN〟と彼女が結びついた。そこから先は、私の仕事になった。まず探偵を雇い、不倫調査の名目で、彼女の周囲を洗い、尾行を付けさせた。

奇っ怪な点がすぐ出て来た。彼女は千葉県習志野で自衛隊士官の夫と暮らしており、士官殿は習志野駐屯地にいることがわかった」

「空挺団ですね？　最精鋭だ」

「そうだ。だから、その旦那も尾行させたのだ。所沢の防衛医大や、自衛隊病院にも通っていた。衛生兵の大尉殿。この夫は、空挺団基地でどんな仕事をしているのだ？　と軍の情報部に照会したら、衛生兵の士官なら、間違いなく衛生兵訓練の教官だろうという話だった。二人のなれそめはわからない。ちなみに、日本では、自衛官が中国人と結婚することは珍しくないそうだ。士官がというのは珍しいが。さすがにそれは出世に差し障る。

　彼女がマスクを外した写真を手に入れるのに二ヶ月かかった。もちろん顔認証ソフトに掛けたが、反応はなし。中国人としての彼女は存在しない。台湾人としても。

　ところが、これは非常にまた偶然なのだが、実は私自身が、彼女の顔に見覚えがあった。どこかで見た顔だと意識の片隅にずっと引っかかっていた。それで、論理的な帰結だが、自分が彼女を見たと記憶するのは、彼女の血縁者に似ているからで、自分はその血縁者を知っているはずだという結論に至った。彼女の親の年齢に当てはまる世代の著名人の写真を三日三晩捲り続けた。

　そして、ようやく辿り着いた。なんと私は、両親ともに知っていたのだ。父親は孔永革《コンヨンコ》精華大学教授で、理論物理学のわが国のホープだった。母親の呉正麗《ウジェンリー》も同業、中国科学界に於ける最高の天才夫婦だった。だが新世紀に入った頃だったか、沖縄での学会に夫婦で出張中、不幸な交通事故で二人とも亡くなった。その時、一人娘がどこに居たかは知らない」

「それは変ですね。そんな天才科学者を夫婦で海外に、家族で出国させるようなことはないでしょう。万一がある」

「そうだ。だが、この夫婦は文字通りナンバーワンだった。その無理を党に納得させるだけの業績があった。恐らく、計画的な亡命が仕組まれたのだろう。だが結果として事故は実際に起こったらしい。夫婦二人の遺体はその後すぐ中国に送還されてきた。娘がどうなったのかの記録はない。不思議なことに、中国に、この件に関する公文書の類いは一切残っていない。別に調査に妨害は入っていない。突っ込むなとの警告も受けなかった。事実として記録もなければ、記憶している役人もいない。ただそれだけだ。日米は何かを隠しただろうが、いずれにせよ、たぶん何かの事故は事実として起こり、亡命は失敗、夫妻は亡くなり、娘だけが生き延びた。その娘は、大陸に送り返すのは不憫だと思った何者かによって、西側で育てられたのだろう。ほぼネイティブな日本語を喋るということは、北米ではなく、日本で育てられたはずだ。

ここで再度、画像認識ソフトの出番だ。両親の顔写真を元に生まれて来る子供を推測し、加齢させた顔写真がこれだ——」

そのAIが作った女性の顔写真を横に並べて見せた。双子のように似ているとはいかないが、確かにあちこち似ている所がある。

「警察が持っている認識ソフトに掛けて、この女性が夫婦の実子である可能性を計算させたら、マッチ度九五パーセントと出た。

彼女の中国名は孔娜娜《コンナナ》、つまり、ミセスNだ。彼女が、どこの大学を出たのかは知らない。日本の大学なのか、欧米のそれかすらわからない。私は、彼女が独学でその知識を得たとしても全く驚かないがね。夫婦はそれだけの天才だった。それが遺伝したのだろう。彼女のバックグラウンドからして、こちらのスカウトには乗らないだろう。いくら札束を積み上げようが。いったん中国へ渡ったが最後、彼女は二度と大陸を出ることは許されない。それらの背景説明を添えて、北京に情報を送った。結論としては、万難を排して連れ戻せ！　という命令が下った。生死は大事だ。生きたまま連れ戻さねばならない」

「脅せるネタは無いのですね？」

「無い。大陸に足がかりは何もない。だから、有無を言わさず連れ出すしかない。私の調査は、それなりの期間に及んだ。そろそろ日本側に気付かれる頃だろう。あまり時間はないものと思ってくれ」

「強硬な手段に出て、それが市民に目撃される危険があった場合は……」

「ニュースにはなるだろうな。だが、日本政府は動かないだろう。彼らにも、幼い子供を攫《さら》ったという負い目はあるだろうから。関係する資料を渡す。彼女の現住所、一日の行動パターン。仕事柄、旦那は不在がちで、しかも毎週夜勤もある。別に自衛隊の官舎で暮らしているわけでもない。誘拐自体は容易だとみる。問題は出国だが、君らはその手段は持っているのだろう？」

「あるという噂ですが、使ったことはないし、もしあるなら、用意するよう上に要求します。量子力学ですか？」

　と警部は少し胡散臭い雰囲気で言った。

「それは、わが国の発展というか、軍事技術にそれなりの貢献をするのですか？」

「第一次世界大戦が終わった直後、核物理学の研究は次の戦争に貢献するか？　と尋ねたら、軍の指導部の全員、そして大半の科学者も首を横に振っただろう。だがこの分野は、すでに量子コンピユータとして結実しつつある。われわれは、あらゆる分野で世界のトップに立たねばならない。二〇年後には、ノーベル賞の科学分野は全て中国人で占められていることだろう。彼女の頭脳がもたらす利益は計り知れない。文字通りに、それは計り知れない知識になるだろう」

「わかりました。全力を尽くします」

「話は変わるが、君のポストは、何年交替なのかね?」

「通常は二年です。いくら隣国と言っても、常に日本の監視の眼を潜《くぐ》っての活動ですから。長い任務は無理です」

「もっと長くいたいかね?」

「はい。ようやく日本の生活にも慣れました。こっちは不経済なせいで、物価も安いし、居酒屋で飲んでいると、自分が日本人になったような錯覚に陥ります。妻と息子を向こうに残したままなので、いつまでも日本にいるというわけにはいきませんが」

「実は、君の裏稼業というか、組織の表向きの仕事を調べさせてもらった。しっかり黒字を出しているではないか?」

「時々、本来の任務を疎かにしてないか? と上から嫌みを言われますが、確かに順調です。自分の知識を生かした裏稼業なので」

「そこで考えたのだ。君は裏稼業でも実績を上げている。会社は不安定な状況を脱して事業も軌道に乗ったという理由で、本国から家族を呼び寄せることにした……、という筋書きはどうかね?

君にこの国での愛人でもいなければの話だが」

「え? そんな力がおありなのですか?」

と周は驚いて聞き返した。

「ある。君が無事に任務をやり遂げてくれたら、速やかに同伴任務を許可するよう働き掛けるよ」

「ぜひお願いします！」

周はファイル・ケースを受け取ると、深々と一礼して席を立った。

「ことを急《せ》いて失敗しないでくれよ。期待している」

別れ際、エレベータまで、周は賀博士の後ろを歩いていて、ようやく賀がやたら高そうないいスーツを着ていることに気付いた。自分の給料では一生買えないようなオーダーメード・スーツだろう。

この博士のやっていることは、どうみてもただのスパイ稼業だ。中国の大学や研究機関が、どうやって世界中から人材をかき集めているのか時々、不思議に思っていた。札束を積めばみんなが来てくれるわけではない。なるほどこういう人物が間にいたのかと納得した。

周自身は、出世に関心はない。そもそもが仕事熱心なのも、日本派遣があると知ってのことだった。警察は早い時期に辞めて、裏稼業の貿易事業を堂々と回したかった。早いところ、銀座かどこかにタワマンの一部屋も買いたかった。

日付けが変わった頃、土門は、今度こそ帰り支度を整えていた。近くの習志野演習場内で待機している姜小隊に警戒解除の命令を送ろうとしていた。

だが、ブリーフケースに手を伸ばして起き上がった途端、遠くから爆竹のような音が聞こえてくる。銃声だとすぐわかった。

鞄を投げ出して、隣の指揮通信室に入る。入り口は狭く、奥に深い構造だ。壁一面のラックに、十台を超えるモニターが並んでいる。縦に三列、横に五列はあった。

待田がすでにヘッドセットを被って操作コンソ

ールでトラックボールを操作していた。

「複数の銃声、正面ゲート付近です！」

このバラック小屋の屋根には、集音マイクが二ヶ所設置されている。それが銃声の位置を記録してモニター上に表示していた。

「ものは何だ？」

「Ｍ‐４系統の確率が七〇パーセントと出ています」

原田一尉が飛び込んできた。

「何事ですか？」

「襲撃だ。訓練ではなさそうだぞ。演習場内にいる姜小隊に、スキャン・イーグルを飛ばしつつ、敵の背後に回るよう命じろ。ブッシュマスターを出せ！　リザード＆ヤンバル組は本部管理棟へ」

「現状では警察案件ですが、撃っていいのですか？」

と原田一尉が質した。

「駐屯地内に侵入した敵に対してのみ発砲を許可する。営門は実弾を持っていたっけ？」

「デフコン３の時は、持ってはいるはずですが……、駐屯地外に跳弾する可能性がある以上、発砲はできないでしょう」

現にこちら側が反撃している様子は無かった。深夜は、出入りはないので、営門は閉めてある。車両での突破は簡単ではないが、人はその限りではなかった。

発砲する火点が一〇を超えてきた。

「なんだ？　こいつら！　散開しているじゃないか？　本当に訓練の予定はないよな？」

「こんな時間に空砲を使って訓練なんかしません」

「壁際に取り付いているぞ。原田君、君は、一個分隊率いて、真っ直ぐ正門へと走れ。私は、南側を壁に沿って掃討する。キャッスルは、北の壁沿い、管理棟の味方を援護しつつ前進せよ。敵の規模は、小隊規模か……。ガル、クアッド・ドローンも上げろ！　訓練小隊起こせ」

「了解。隊長、まずは着替えて下さい。その格好では的になります！」

原田が念押ししながら部隊に出撃を命じた。

味方の応戦はなく、敵はじりじりと駐屯地内に侵入していた。駐屯地襲撃を報せるサイレンが鳴り響いている。

たかだか十数名の兵隊の襲撃を許したとなると、空挺団長の首が飛ぶぞ……、と思いながら、土門は自室に引き揚げ、戦闘服に着替え、装備を身につけた。

「何かが変だ……」

土門は、プレート・キャリアのベルクロを留めながら、部屋を飛び出し、指揮通信室に入った。

「罠だ！　正面玄関は囮だ。原田を呼び戻せ！　四名を西壁のパトロールに残して、分隊を呼び戻し、南壁の守りに当たらせろ。キャッスルの分隊も呼び戻せ。俺のインカムをよこせ！　全員に繋げ。オールハンド！　オールハンド！　これは罠だ。正面ゲート攻撃は陽動で、敵はすでに敷地内に斥候を潜ませ、上空をドローンで見張っているはずだ。ただちに隊舎の防御へと戻れ！　ガル、この木造バラックは、アサルトの弾とか止められるのか？」

「まさか。木刀で突いただけで孔が開きますよ」

「誰かM32で照明弾を上げ続けろ！　うちのドローンはまだか？」

「間もなく！」

待田が、モニターの一つに視線を向けた。クアッド型ドローンが、玄関先から離陸して勢いよく上空へと昇っていく。だが、一〇〇メートルも上がらないうちに、映像が途切れた。最後の映像は一瞬ぶれているのがわかった。

「ドローン・ディフェンダーか？」

「いえ、直撃です。敵のドローンの体当たり攻撃です」

「メーカーから借りたレーザー兵器ユニットがあるだろう。あれを出せ。アイガー！　レーザー車両を出していったんどこかに隠れろ。そこでシステムをセットアップして敵のドローンを叩き墜せ！」

「セットアップには時間が掛かりますが？」とアイガーこと吾妻大樹《あづまだいき》三曹が告げた。

「このまま殺られ続けるのを待つよりはましだ。オールハンド！　敵のドローンが上空にいる。たぶん大型のドローンで、迫撃弾を装備している可能性がある。上空からの攻撃を警戒せよ！　次のドローンを上げろ。姜小隊のスキャン・イーグルはまだか？」

「こちらリベット。演習場にて待機。間もなく発進させます！」

と姜小隊の井伊翔一曹から連絡があった。

「ああそうだ！　姜小隊の主力を、基地の南側へと向かわせろ。敵の本隊はそっちだ。背後を塞ぎつつ、敵を演習場方向へと追い込め。あそこでなきゃどんぱちは無理だぞ」

「演習場だって、実弾をバンバン撃てやしませんよ。今は住宅街に囲まれています」

軽装甲機動車で出たばかりのヤンバル＆リザード組が戻ってきた。

「どこに行きますか？」

とリザードこと田口芯太《たぐちしんた》二曹が駆け込んできた。

「お前ならどうする？」

「どこかの上に昇って足場を固める暇がありません。真上からの迫撃弾攻撃は防ぎようがない。軽装甲機動車の下に隠れて正面の敵を狙撃します」

「それで良い。行け！　斥候に気を付けろ！」

敵は、この駐屯地の中を知っているのではないか？　そんな気がして来た。

「誰か俺にベネリを持ってこい！」

「止して下さい！　住宅街でショットガンなんて……」

別棟で寝泊まりしている訓練小隊の面子が駆け込んで来る。

「甘利《あまり》一曹！　ひとまずプレート・キャリアと銃、マガジン一本だけで良い。どうせそれ以上は撃てない。ただちにバラックを囲め。頭上にも注意だ！」

「敵ドローン、推定位置出ました！　音響センサーによる観測なので、正確さは保障できません。メーカーは発見出来るとは言ってましたが……」

「くそ！　三機も飛び回っているのか？　こいつだ、このちょっと速度が遅くて高度を取っている奴。これはオクトコプターだろう。〝メグ〟は演習場だよな？　スターストリーク・ミサイルなら狙える！」

「絶対にダメです！　ここは住宅街です。誤射したら、住宅街に墜ちて民家をズタボロに切り裂きます。人間ごとね」

待田は叱責するように言った。

二機目のドローンを発進させた。ただし今度は高度は取らずに、建て屋の高さギリギリを飛ばした。

「駐屯地外へと出せ！」

建て屋の間を抜けて壁を越えさせると、向こうから壁を越えてくる敵を捉えた。気持ちばかりのフェンスはあるにはあるが、分厚い毛布一枚被せれば突破出来る。梯子を掛けて次々と駐屯地内に入ってくる。

「うちの壁だけどさ、アサルトの弾が抜けるよね？」

「そうですね、抜けます。うちの弾、ＦＮハースタルの新型五・五六ミリ弾ですから、間違いなく抜けます！　抜いた上で住宅のコンクリ壁くらい抜いて、木造住宅の壁も撃ち抜く！」

「拙いぞ、拙いぞ……。オールハンド！　駐屯地の壁が見える状況下では発砲を禁止する。われわれの五・五六ミリ弾は、壁をぶち抜いて民家の中に飛び込む。ＭＰ７も駄目だよな。ＭＰ５は、今ここにないだろう。何か武器は無いか？」

「９ミリ・パラのピストルくらいしか思い付きませんが、アサルト相手では無力です。うちは何にせよ貫通力重視ですから。スキャン・イーグル、上がりました！」

「レーザー車はどこだ？」

「いったん倉庫に入りました。あれ、的になりますから」

「今日はデフコン３が出ていたのに、なんで備えてないんだ！」

「備えてましたよ。だから姜小隊は敵の背後へ回り込めるし、〝メグ〟の指揮機能もすぐ稼働できた」

Ｍ32グレネード・ランチャーで照明弾が上がる。だが迫撃砲による照明弾ではないので、高さも明るさも知れている。次々と打ち上げる必要があった。

「誰か照明弾を持って庭を走れ！　あるだけ打ち上げろと。オールハンド。味方が外壁に取り付く。誤射に気を付けろ」

スキャン・イーグルの赤外線画像に切り替わる。その瞬間、オクトコプターが真下を横切った。横切りながら何かを落とすのがわかった。

「グレネード！　グレネード！　この建物を狙っているのか？」

連続投下だった。一発がこのバラック小屋に落ちたが、迫撃弾ではなく、たぶん手榴弾の類いだ。それでも天井に孔は開くだろうが。バスン！　という衝撃音が上から響いてきた。

「癪《しやく》な奴らだ――」

敵が二手に分かれて雪崩れ込んでくる。だが、闇雲に突っ込んではこない。互いにカバーしつつ慎重に向かってくる。

リザード&ヤンバル組が軽装甲機動車の下から狙撃を開始した。走ってくる敵は無視し、カバーに入ってニーリング姿勢で立ち止まった瞬間の敵を狙撃した。

突っ込んでくる敵に対しては、バラック小屋の前に停めたブッシュマスター装甲車を盾にして応戦する。こちらが本隊だろうが、だが鉄砲を抱いて寝るような相手をどうにかできる戦力では無かった。

始まったばかりの撃ち合いは、ほんの五分で収まった。逃げ出す敵を司馬小隊が追い掛けたが、武装犯は何をしでかすかわからない。途中で追撃中止が命じられた。

やがて投光器が駐屯地内を照らし出し、サイレンが止んで残党狩りが始まったが、生存者はいなかった。この程度の傷で死ぬはずは無いが……、という者もなぜか死んでいた。

装備は、民間軍事会社風。スニーカーにプレート・キャリアのみ。銃は、ぱちもんのM-4カービンだ。全員、携帯も身分証明も所持していなかった。

最終的に、明け方に制圧宣言が為された時点で、一二名の敵兵士の死亡が確認された。

やっかいなのは、正面ゲート周辺にばらまかれたビラだった。

「青葉台の隊員を、我らに差し出せ――」と縦書きで書かれていた。

敵が飛ばしていたドローンは、結局、撃墜は叶わず、洋上へ飛び去って、東京湾へと墜落していったらしかった。

青葉台駅での殺戮を阻止されたことの逆恨みで、こんな馬鹿げた無茶をしでかすなんて、根に持つタイプだな……、と土門は思った。

幸い、味方にけが人は出たものの重大な負傷はなかった。駐屯地に隣接する住宅街も、飛び込んだ銃弾は何十発もあったが、それによるけが人はいず、その弾も、自衛隊のものは一発も入っていなかったことが後に確認された。

夜明けと同時に報道ヘリが飛び交い、千葉県警の機動隊が派遣され、陽が昇っても、てんやわんやの大騒動になった。

その日の内に、死んだ犯人の中に、元空挺隊員がいたことが判明した。最終的に正当防衛で済むとは言え、警察は、隊員の誰がどこで何発発砲したのか詳細な証言と記録を求めてくる。

誰にとっても憂鬱な一日になった。

第四章　ロボット

混乱の21世紀に別れを告げ、新たな22世紀への始まりの年となった二一〇一年、火星はちょっとした食料難に見舞われていた。

原因は植物プラントで発生した葉腐れ病で、プラントの管理に当たっていた労働者のストライキが引き金になった。管理が疎かになり、葉腐れ病が発生していることに気付くのが遅れたのだった。

ガリレオ・シティでは、〝ブルシット・ジョブ〟なる21世紀の侮蔑用語が密かに流行っていた。施設管理の多くはロボットやシンスの巡回作業で間に合う。誰かが泥まみれになって排水管を掃除する必要は無い。だが、どこかで人間が関与する必要はある。

彼らも高等教育を受け、訓練と適性試験を経た上で火星に派遣され、そして高給取りだったが、研究者や芸術家たちからは一段低く見られ、扱われている。こんな小さな街にもすでに階級構造と労使対立が生まれていた。

完全循環都市を建前とするガリレオ・シティで、餌となる葉物の供給が減ったことで、チキンのブロイラー工場が大幅な生産縮小を強いられた。

ただでさえ入手難の蛋白源が減り、チキンや、巨大水槽で飼われているテラピアなど、水産物の生産にもしわ寄せが来た。

辛うじて、地球から届けられる小麦を使ったパンの生産工場は稼働していたが、火星住民全員に、食料制限が課された。昼食は、彼らが〝配合肥料〟と呼ぶ栄養ゼリー一パックに限定された。

火星への宇宙旅行で、人工冬眠に入る前と起きた直後に食べさせられる栄養素だった。火星には、万一、食糧自給が全滅した後も、三年間は全員がサバイバルできるだけの栄養ゼリーがタンクに保管されている。三年あれば、地球や月から、全員を帰還させられるだけのロケットを打ち上げられるという計算だった。

ロゼッタ渓谷の発掘作業は、更にプロジェクトの肥大化を招いていた。

サイト・βに収容された〝オカリナ〟の分析と、新たに第4室で見つかった何かの分析だ。その二重課題で研究は壁にぶち当たっていた。

まず、仄青く光るオカリナは、いかなる分析も受け付けなかった。レントゲンに写らず、CTにも写らない。電磁波を透過してしまうのだ。肉眼では見えている。可視光は反射するらしいが、赤外線紫外線、その他のいかなる電磁波も透過した。

その現象に関する情報はあっという間に世界に漏れ、いろんな議論が為されたが、これという仮説は得られなかった。地球から、銀塩写真を持参して撮影を試みては？　という意見も出た。何しろ、その場で現物を見るしかないのだ。可視光を反射し、肉眼で見えているにもかかわらず、イメージ・センサーで撮影できないという事実を誰も説明出来なかった。

サイト・βの外に持ち出せたのは、絵心がある研究者が描いたイラストのみだった。

また、その物体がそもそも何であるかに関しても、意見が割れていた。継ぎ目が全くないことから、生物、もしくは生物の卵だとする説と、それは機械であり、対で置かれていたからには何かのデバイス、もしくは通信装置ではないか？　とする説が対立していた。

せめて表面の物質を分析するためにと、ダイヤモンド・カッターの歯先で少し削ってみようと挑戦したが、粒子一個も削れなかった。殻、もしくはケースは、どんな物質で出来ているのかもわからない。鉱物なのか、金属なのかを含めて。鶏卵のようなカルシウムでないことだけは明らかだった。

機械派の根拠の一つが、その硬い殻だった。もしこれが生物の卵だとしたら、その殻は内側から破れないだろうと。

単なる工芸品に過ぎず、ただ眺めて過ごすだけの代物だという意見も少なからずあれば、これ自体が知的生命体で、今は、この下等な生命体である人類に対して、無言の抵抗を続けているだけだろうという意見もあるにはあった。

そして、もう一つの問題が第4室での発見だった。僅かに覗いた窓ガラスから斜めに見ただけだったが、それは明らかにロボットだった。シンスではない。シンスというほど人間には似ていない。

身長一五〇センチほどのロボットが二体、壁の窪みに直立状態で収納されていた。

機械であることは明白なデザインで、後に撮影された画像から復元した三次元立体写真からは、メカニカル機構と思しき肘や膝も確認できた。両腕があり、首もある。頭部もあった。頭部には口と鼻、耳が無かったが、眼は二つ、正面を向いていた。

幼児に描かせたロボットのイラストみたいにシンプルで、そのデザインに芸術性は無かった。それは単に、〝ロボット〟と呼ばれた。それ自体が生命体である可能性もゼロでは無かったが、ロボ

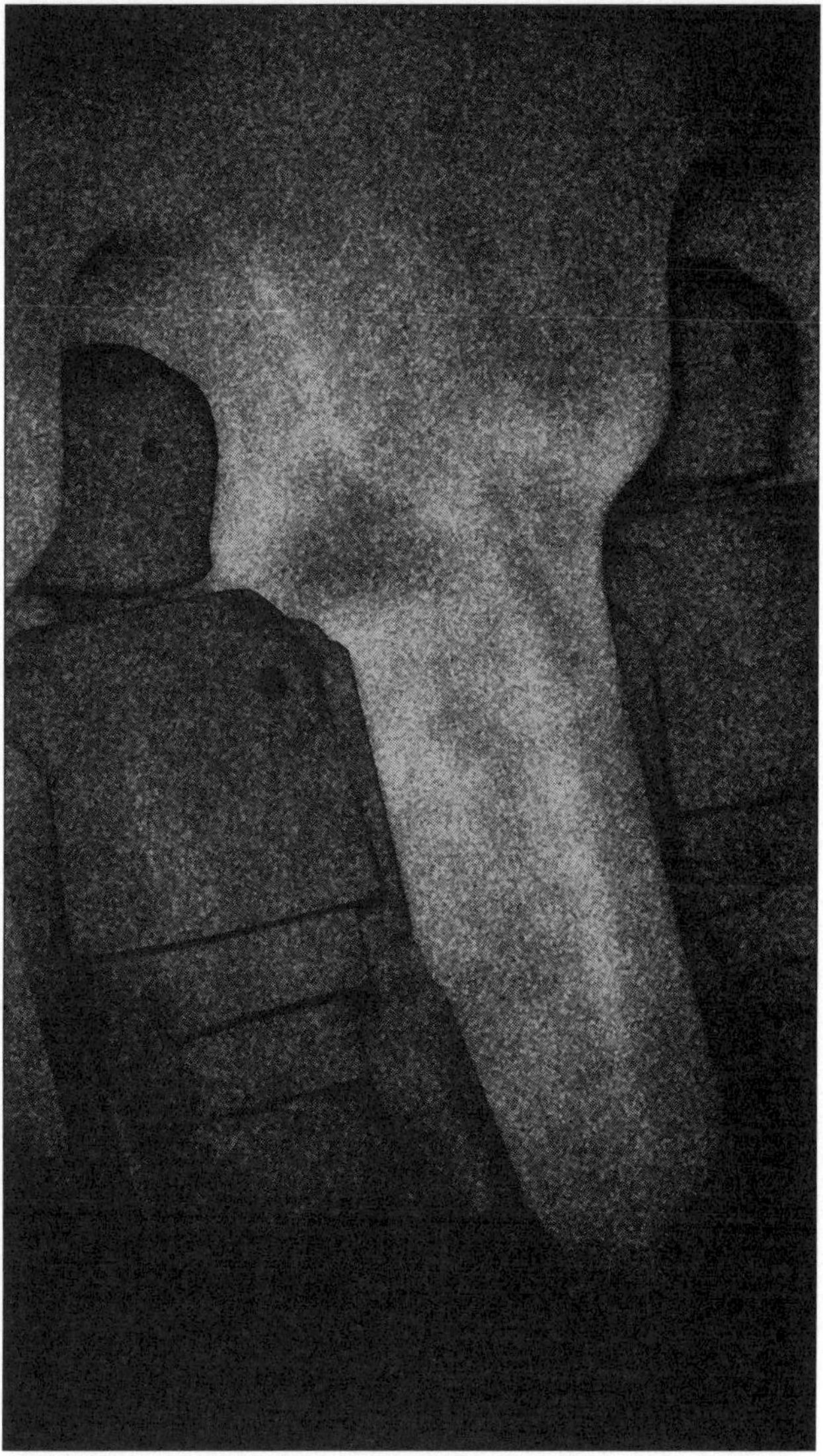

ットと呼ぶのが最も適切と思われた。

オカリナを巡るミステリーよりも、このロボットのほうが地球上にずっと大きな議論を巻き起こした。なぜなら、そのデザインがあまりにロボット過ぎたからだ。

そこにSF的な要素はほとんどなく、異星人の知性や芸術センスを感じさせる要素もない。地球人が自分に似せて作った、あるジャーナリストに言わせるなら、「退屈極まりない」、人類をがっかりとさせるロボットに過ぎなかったからだ。

どんな環境の惑星でも、そこに発生した生命が進化を重ねると、人間のような二足歩行体になるという仮説は昔からあった。巨大で重たい脳を進化させるには、空を飛ぶ鳥は不都合であるし、火を扱うには、鯨類は不向きだ。四足歩行より二足歩行の方が適者生存に向き、手に指があれば便利だ。

では、この文明は、地球人のものなのか？　ずっと遠い未来で、地球人がワームホールの作成に失敗して太古の火星に辿り着き、そこで地球を眺めつつ一生を終えた名残なのか？

その可能性は大いにあった。ならば地球の文字や、地球で作られただろう人工物を探せば良い。アダムとイヴは、地球人が進化した末の姿である可能性も出て来た。

この遺跡が地球人類のものかも知れないことで議論の種は増えたが、確実なことが一つあった。それは、いずれにせよ、この遺跡を残した知的生命体は、現在の人類より、遥かに高度な文明に進化していたということだった。

ロボットのデザインは退屈だが、少なくともオカリナは高度な技術で作られている。それが生命体であるにせよ、何かの機械であるにせよ。

他の恒星系の知的生命体が、ヒトと同様のデザ

イン に進化した可能性はまだ残っていたが、それはあまりに出来すぎた説とされていた。爬虫類型人類はどこかに進化しただろうが、それが太陽系まで辿り着いたとする説は、世の中に受けなかった。それは20世紀の、今となっては陳腐なＳＦノベルに過ぎないと冷笑された。

雑音に惑わされない研究者たちは、アダムとイヴの分析から、地球文明を始祖とする技術レベルの推測を行った。残念ながら、量子レベルの解析によっても、それらを組成する有機分子の年代を測定することは出来なかった。

生物が進化し、簡単な脊椎と両眼、軟体の手足を持つに至るまでは、人為的なブーストがあったとしても、万年単位は掛かる。マッド・サイエンティストが、単なる好奇心から、何かの生物を勝手に創り出すにしても、一〇〇年は掛かる。アダムとイヴに、明確に脳と言える部分は確認されなかった。リディ・ラル博士は、脊髄が脳の代わりの仕事をしていると推測した。

彼女は一貫して、これを何かのシンスだと推測していた。それを操るホストは別にいて、シンスとしての彼らが、労働や作業を代替していたのだろうと。眼があっても口や耳がないのは、構造を簡単にすることで、製造と維持コストを安上がりに済ませるため。

食道や消化、排泄器官がないのも同様の理由から。ただし、この生物のエネルギー源が何なのかは不明だった。

その日、マーズ・コントロールのミッション・コマンダー、カーバ・シン博士がサイト‐βを訪れていた。オカリナをサイト‐βに回収してから一度、その実物を拝みに来ていたが、それ以来の訪問だった。

サイト‐βは少し改造され、地球の大気圧の作業部屋が出来ていた。二個のオカリナはそれぞれ別々のグローブボックスに入れられていた。実験する環境は整ったが、特に出来ることは無かった。それなりの光量の光を当ててみても、中が透けて見えることもなく、卵が割れることも無かった。

サイト‐βは三階建て構造になっていた。地下が機械室。エアロックは階段を上った二階部分。その奥がロッカールーム兼休憩室。トイレと研究ラボは下にあり、グローブボックスが置かれたテーブルは、休憩室の窓からも見下ろすことが出来た。

シン博士と、メカニック・ディレクターのアラン・ヨー博士がエアロックから出てくると、アナトール・コバール博士とリディ・ラル博士は、繋ぎの白い作業服を着たまま休憩室へと引き揚げた。放射線バッジを確認し、ヘアキャップを脱いだ。

オカリナは、今もエネルギーを放出し続けていたが、人体に影響を及ぼすレベルでは無かった。ただし、そのエネルギー量は、経過したであろう年数を積算すると、物理的にあり得ない量が放出されていた。どこかのマルチバースから、永遠に供給されているかのような膨大な量のエネルギーがすでに放出されているはずだった。

「君たちに差し入れを持って来たよ。三日前着いた補給船の荷物が今、配給されている。培養肉ではあるが、ビーフ・ジャーキーを持って来た」

「ビーフ・ジャーキー、一世帯に一個の配給ですよね？」とラル博士が尋ねた。

「幸か不幸か、ここ火星にも菜食主義者は多い。物々交換は、人類のもっとも偉大な文化的発明の一つだな」

「街の様子はどうですか？」

とコバール博士が尋ねた。

「それが、配給がきつくなって、オルドリン・カフェが一時閉店したんだ。フード・サービスが出来ないからと。そしたらデモが起こりかけて、慌てて再開させた。コーヒーとクッキーしか出せないけど」

シン博士は、窓辺に寄って、下の研究室を見下ろしていた。

窓からは死角も出来るので、窓ガラスの反対側から研究室入り口を見下ろすカメラの映像もモニターに映っている。グローブボックスももちろん映っているが、そこにオカリナは無かった。まるで何かのトリックのようだった。モニターから目を離して研究室を見下ろせば、確かにそこにオカリナは存在するのだ。

「光ってないね？……」

とシン博士は不思議そうに尋ねた。

ラル博士は、壁にあるスピーカーホンのスイッチを入れて、「クリス、お客様にあれを見せてあげて？」と告げた。

研究室の灯りが徐々に落ちると、反対にオカリナが仄青く光り出した。

「無粋なことを言うが、まるでベッドサイド・ランプだな」

「常に一定の照度を保っているわけではありません。明るい環境下では光らない。周囲が暗くなると、微かに光り出す。ただし、完全な闇では照度は落ちます。それこそ、人間が眠るために障害とならない程度に。オカリナは、それが生物であるにせよ機械であるにせよ、生きています。外的刺激に対して反応している」

「工芸品説をどう思う？　実は私も惹かれるものを感じているのだが。あれはただの工芸品で、せいぜいランプだった。スタイリッシュなデザインのベッドサイド・ランプ……。教会に飾られた燭台は、昔から豪華だった。文明人は、灯りへの格別な憧憬と執着がある。あれがただのランプであってもおかしくない」

「私は生物学者として卵や生物である前提で調べていますが、正直、生物説には懐疑的です」

「君らが初めてこの物質を発見し、われわれがインパルス攻撃に晒された時、しかし、君ら二人が操縦していたシンスのカメラにはこれが映っていた。見えていた。なのに今、見えないのはなぜだ？」

「恐らく、オカリナは長いこと眠っていたのでしょう。それを、私が近付いたことで起こしてしまった。インパルス攻撃は、その目覚めの挨拶のようなものでしょう。近付くなというある種の警告かも知れません。今は、グローブで触りまくってもインパルス攻撃は起きません」

「素手で触ってみた？」

「いえ。そうしたい誘惑には駆られますが、触った途端、宇宙人に乗り移られるのは嫌ですからね。自制しています。例のインパルス攻撃は、大なり小なり、霊的な現象であることは否定できません。人類が知らない未知の物理現象が起きる可能性はあるでしょう」

ヨー博士が、インスタント・コーヒーを淹れて八人掛けのテーブルに置いた。

「ビーフ・ジャーキーを食べようじゃないか。肥料にもポテトにも飽きただろう？」

「ポテトの配給量が減らされたのはどうかと思いますが？」

とラル博士が少しきつい言葉で言った。

「あれは葉腐れ病の被害を免れているが、コンクリを作るためだ。デンプン工場はフル稼働しているが、絶対量が足りない。塩化ナトリウムはそこいら中にあるのに、こればかりはな……」

「植物プラントの規模は知れているのに、そこまで自給しようと無茶するからですよ」

レゴリスから作られる火星のコンクリートは、塩と、ポテトから作られる澱粉から製造される。それを接着剤として利用するのだ。その強度は、地球上で作られるコンクリと比べても二倍もの強度を持つ。

火星が自活する上で不可欠のコンクリだが、いかんせん、肝心のポテトの量産は効率的ではなかった。

「抜本的な改善策が必要なことはわかっている。君たちは、ワームホール座礁説をどう思う?」

「外宇宙へと飛び立った未来人が、ワームホールを開くことに失敗して、過去の火星に座礁したという説ですか?　あいにくと、われわれは物理学者じゃない」

コバール博士が少し軽蔑したような顔で言った。

「考古学の知見で言うなら、似た遺跡や遺物が、バラバラの時代に別々の大陸から発見や出土することは全く珍しくない。マヤ文明、エジプト文明、ともにピラミッドを作りました。心臓を神への贈り物にする宗教も各地にあるし、水瓶は、だいたいどこの文明で作っても、形状は似てきます。文明ごとの特徴はあるにせよ。それに、人類が、荷物運搬用の四足ロボットを作ったからと言って、人間自身は、四足動物ではない。私は、この遺跡が人類発祥であるとする説には、まだ根拠が足りないと思いますね。それより、リディのシンス探検説の方が面白い」

「よしてよ、アナトール。論文に書けるような話ではないわ。単なる、ストーリーに過ぎないから」

「聞きたいね!」

とシン博士がビーフ・ジャーキーの袋を破りながら言った。封じ込められた香りが拡散し、嗅覚を刺激した。

「済まない。今頃気付いたが、ラル博士はヒンドゥー教徒だったな」

「食べますよ、牛くらい。私はハンバーガーを食べて育ちました」

四人分のビーフ・ジャーキー合計二〇〇グラムを皿に開けて皆で摘まんだ。

「太陽系に一番近いケンタウルス座アルファ星まで四・三光年。一光年の距離を旅するのに、現代の技術でも二万年近く掛かる。ワープ以前の技術では、恒星間旅行するには気の遠くなるような年月が必要です。何百年も何千年も掛かる。人工冬眠の技術を使っても、生物の老化は止められない。生物が、宇宙船に乗って恒星間旅行するのは非合理的です。恒星間旅行ができる技術を持つほど進化しているのであれば、人間の意識をチップにダウンロードする技術くらい実現していることでしょう。私なら、そういう技術を使います。次の恒星系に近付くまで、ただスリープモードにするだけで良い。寝ている間は、コンピュータに宇宙船を管理させて、数年置きに目覚めて、船体の状態をモニターしても良いし。

どこかの岩石惑星に上陸したら、自分の義体、シンスの身体で上陸する。機械なら、その惑星なりの感染症を心配する必要も無い。ただし、機械はメンテナンスが必要になる。そこで、メンテナンス不要のシンスを生産する。プリンターか何かでね。日常の作業は、その生体シンスに委ねる。人間は、一体のロボットと比較すると、恐ろしく手間いらずの機械です。水や食料を与えればエネルギーに変換し、怪我をしても勝手に治癒する。

あのロボットは、シンスではあるが、たぶん他文明の知的生命体がインストールされている。そのシンスは、アダムとイヴを使って日常作業を行っていた。第4室のハッチにはエアロック構造はない。ただ彼らは、火星の砂がそこに入って来るのを嫌がったのでしょう。シンスの駆動部分に入り込んで動作不良の原因になるから。

あそこに、生物がいなかっただろうことはほぼ間違いありません。配管がいっさいない。エアダクトも、トイレも排水管もない。レゴリスで部屋を作るほど長期間滞在したはずなのに、それなりの活動をする生物はいなかった」

「では、アダムとイヴはどうやってエネルギーを摂取していたのだね？」

「まだ、誰にも喋っていないのですが、彼らは、自分を食べていた可能性がある。あのシンスのボディと、われわれがスープと呼んでいる、蠟化した物体の成分はほとんど同じです。そして、スープの中には、老廃物とみられる、生物が再利用を繰り返した痕跡も見られる。あるサイズで生産されたシンスは、自分の身体から栄養分を取り——、つまり人間が筋肉にグリコーゲンを蓄えてエネルギーに変換するのと同じです。それで一週間、一ヶ月、あるいは一年行動した後、またあのプールに入って死に、スープとして溶け、そこからまたシンスとして再生する。何かの栄養剤を継ぎ足しつつね。労働力として非常に効率的です。ロボット型シンスとやりとりするための無線機能が組み込まれていたはずです。それがチップなのか、生体センサーなのか不明ですが、そこまで技術が進んでいれば、ある周波数でやりとりするための生体無線機くらい開発していることでしょう。いったん溶けてしまえば、痕跡は残らない」

「それは面白いな。別に公表しても差し障りは無いだろう。スポンサーも喜ぶ」

「あくまでも仮説の一つです。それ以外の可能性も探らないと」

「実は、コミッションがいろいろ言ってくるんだ」

　ラルとコバールが、ほらきた……、という警戒の顔をした。

「今ですら名前も覚えられないだけの研究者がここにやってくるんですよ？　研究者用の居住棟の建設も始まっているのに」

「問題はそこなんだ。ロゼッタ遺跡の発見と発掘で、われわれは当初の火星開発計画を大幅に超えるリソースの提供を強いられた。その支出に見合う発見が無ければならないが、現状では、謎が増えるばかりで、あげくにあの人型ロボットだ。今後とも、気前よく地球人に支出させるには、広報戦略の見直しが必要となっている。まず、オカリナを一個、月、もしくは地球まで持ち帰る。正体不明な現状では、月までが限界だろうな。私は、これを地球に降ろすことには反対している。これは規定路線。それから第4室の発掘だ。あの部屋は、比較的綺麗なようだ。原型を留めたまま発掘するために、第3室までの発掘を綺麗にやり遂げ、ヘブンズゲートから延びるエアロックを第3室まで伸ばしたい。地球の大気圧にはしない。何が起こるかわからないからね。いずれにせよ、それは第3室までの発掘作業が完了してからだ。コバール博士？」

「床に、天井や壁から剝離した数トン分のレゴリスが溜まっています。それを全て掻き出して地上まで上げるのに、もう少し時間が掛かるでしょう」

「単刀直入に言うが、君たち二人に、一回地球に帰って欲しい」

　ラル博士は、口の中で噛んでいたビーフ・ジャーキーを吐き出しそうになった。咀嚼するという行為を長らく忘れていた。次の世代はきっと、ただビーフ・ジャーキーの味がするゼリーで満足しているだろうな、と思った。

「私じゃダメなのか？　と提案したが、エンジニアが帰っても仕方無いそうだ」

とヨー博士が場を和ませようとした。

「ヨー博士は同意したんですね？」

「今日まで、気前の良いスポンサーに支えられて、資金繰りなど気にせずに過ごして来たが、率直に言えば、彼らスポンサーは、博物館に飾る遺物の発見を期待していたわけではない。人工重力装置、物質転送技術にワープ技術を装備した宇宙船やそれに類する技術を欲していたことは間違い無い。私も含めて。だが現状、ここには、古ぼけたデザインのロボットと、正体がわからない、それこそオカリナしかない。われわれに出来ることは、広報の強化で、大衆の関心を繋ぎ止めることくらいだ。君ら二人は、月面着陸に於けるアームストロング船長とオルドリン飛行士みたいなものだ。地球上でチャリティ・ツアーして歩くには格好のコンビだろう。人種的にもバランスが取れているし」

「行って帰ってくるだけでも最低、三年は無駄にする羽目になる！――」

「しかも、地球に降りたら、1Gに耐えなければならない。君らは半年かそこいらは年寄りみたいな生活を強いられる。車いすでの移動も当たり前になるだろう」

「第4室の発掘はどうなりますか？」

とコバール博士が聞いた。

「君たちが帰るまで、周辺整備で時間を潰すことになる」

「考古学者の発掘作業は、いつも一〇年、二〇年単位の気の長い仕事です。その資金確保は、われわれの古くからの難題だ。行けと言われれば断れない」

「条件を二つ出す。まず第4室の発掘に関しては、君たちが帰るまで、ハッチは封印したままにする。他人にはやらせない。次に、プロジェクト・リーダーとしての君たちの肩書きもそのままだ。ただし、誰かこの現場で、信頼できる部下をサブとして任命してくれ。研究の遅滞が起きないようにしたい」

ラル博士は、一瞬無反応だった。

「……ラメが入って背中がぱっくりと開いたドレスを着て、泡の立つシャンパングラスを持って、金持ちたちに笑顔を振りまけと？」

「それをしろとは言わないが、笑顔と気品は必要だろうな。代理店に仕切らせて、世界中を回り、その手の資金集めパーティを梯子することになる」

とシン博士が済まなさそうに頷いた。

「オカリナを地球上に降ろすことには絶対に反対します。何が起こるかわからない。あのロボットは、侵略者が、われわれを油断させて欺くための置き土産かも知れない」

「ああ。聞いている。地球の陰謀論者の説だろう。地球に知的生命体が誕生しつつあることに気付いた宇宙人が、万一、この遺跡を発見出来るまでに進化したら、それを発掘して地球に持ち帰るよう、わざとそれらをそこに置いた。いずれそれは目覚めて、ブラックホールをそこで生み出すなり、凶悪な化学物質をばらまいて、惑星上の有機体を破壊し尽くすかもしれないと……」

「まあ、珍味として、進化を極めた人類を収穫に来るという説よりはましだな」

とヨー博士が口を挟んだ。

「わかりました。出発はいつ頃になりますか？」

「早い方が良い。来月のシャトル便を確保できる。行きはそれなりの日数が掛かるが、帰りは、どんぴしゃりホーマン遷移軌道に乗れるはずだ。半年で戻って来られる。君の有給分を含めて、どこかリゾート地でのんびりするくらいの時間は持てるだろう。自然な空気を吸い、そよ風に身を委ねながら、大衆向けの本を二、三冊書く程度の時間は作れる」

「オカリナですが、私は写真一枚持っていけない。あれを月まで持ち帰ったら、地球まで持って来いと金持ちたちは求めるでしょう」

「彼らには、そんなに現物が見たければ、アームストロング・シティまで見物に来いと言ってくれ。それなりの寄付金で拝ませてやると」

宇宙船の長い旅は問題ではない。ホーマン遷移軌道のたった半年の旅ですら、今は人工冬眠が推奨されている。旅行中の生活物資を制約するためだ。幸いまだ事故は無いと聞いていた。

ただ、無為に時間が過ぎていくことが不安だった。自分が眠っている間に、家族や友人が亡くなるくらいは我慢できる。眠っている間に起こるだろう、なにがしかの科学的発見のイベントに立ち会えないのは苦痛だった。

ラル博士とコバール博士は、それから大急ぎでスタッフを集め、不在中の発掘や研究手順の進行スケジュールを組み直した。一週間後には、オカリナ一個を入れた厳重な梱包荷物と共に、ガリレオ・シティへと移動し、地球帰還前の健康診断と、隔離生活へと入った。

習志野駐屯地——。

夜明けと同時に、報道のヘリが駐屯地上空を旋回し始めた。駐屯地に倒れたままの襲撃者の遺体にはカムフラージュ・ネットを掛けた。バラック隊舎の瓦葺きの屋根も、一部が手榴弾攻撃で穴が開いていたので、ここにもカムフラージュ・ネットを掛けた。

報道ヘリのカメラの注意が他所に向くように、土門は、当たり障りない目立つ建物の屋根にブルーシートを掛けさせた。あたかもそこが狙われたかのように。

その上で、自衛隊ヘリを飛ばして報道ヘリが駐屯地の真上を飛べないよう妨害した。

千葉県警の鑑識捜査は、夜明け前から始まっていたが、土門は、県警の事情聴取が始まる前に、空挺団本部と口裏合わせを行った。

応戦したのは、駐屯地内で寝泊まりする一般隊員で、彼らは、平素の訓練通りに行動し、民間被害を最小限に留めて駐屯地を守り抜いたことにした。

元空挺隊員が犯人グループの中にいたことは嫌な予感しかしなかった。前世紀、似たような事件があった。カルト集団の中に、元自がいるのは別に珍しくないが、襲撃までやってのけるのは相当なことだ。

犯人グループがそこいら中に落として行った脅迫状は、コピーを取ってから警察に手渡した。

愉快犯だと土門は思った。何の合理性もない。普通に考えれば、犯人から脅されたからといって軍隊が兵隊を差し出すなんてことは絶対にないはずだ。そもそもが、相手がどれだけ強武装していようが、軍隊の武装度には叶わない。敵は、治安維持に自衛隊が出動しないことをわかっていてやっているのだろうが、これだけの大騒動になれば、自衛隊として出たくなくとも、政治が治安出動を命ずる可能性が出てくる。

その程度の損得勘定も出来ないテロリストは、何をしでかすかわからない。次はもっと派手なことを仕掛けるだろう。

アサルト・ライフルを扱える元自衛官もいる一個小隊なら、首相官邸だって襲撃できる。警官はピストルしか持たないのだから。

土門は、午前七時、習志野演習場で待機していた姜二佐を呼び戻し、原田三佐を交えて自室で状況を検討した。

五〇インチ・モニターで音を消してNHKを点けっぱなしにしているが、取材ヘリの空撮映像を流し、時々、正門前からの生中継を行っていた。正門前の路上には、敵がアサルトを撃った後の薬莢が無数に転がっているが、千葉県警はそれを一個一個マーキングして証拠写真を撮っている。そのせいで車両の出入りが出来なかった。

「ネット情報ですが、警視庁のSATが官邸から霞ケ関へ掛けて、パトロールを始めたようだとのことです。政府主要施設、要警戒状態になっています」

ガルこと待田晴郎一曹が自分のタブレット端末を見ながら報告する。

「それと、ひとまず米軍のデフコン3は、解除になったようです」

「この手の脅迫に毎度付き合わされるんじゃ敵わないよな……。どうせ悪戯なのに。事情聴取はどこでやってんの？」

「体育館です。机を並べて、駐屯地施設の略図を描いて」

「それさ、どこから鉄砲を持ってきて、どこに走って誰を狙って撃ったかまで証言する必要があるのか？」

「これが駐屯地の外なら、三日は拘束されます。何しろ鉄砲をぶっ放したんですから。ただし部隊としても、取調には警務隊を立ち会わせて、余計なことは一切喋らなくて済むようプレッシャーを掛けています。戦闘服は既製品。こういう時のためのストーリーは叩き込んであるので、われわれが別部隊だと気付かれることはないでしょう。まあ警察が問題視するのは、警察が来る前に、治安出動命令もないままに銃をぶっ放すよう命令した指揮官連中のことでしょうから。書類送検くらいは覚悟して下さい」

「黙って撃たれて死ねば良かったとでも言うのか……。それで、われわれにとっての懸念事項はだ、敵は俺たちを狙ったのかどうかだ」

「極秘部隊と言っても、同じ駐屯地内で飯食っているわけですから、情報は漏れる。ただ、各務三曹がうちの部隊だということは知らないでしょう。配属もつい昨日だったわけで」

「襲撃者に生存者は本当にいなかったのか？」

と土門は原田三佐に尋ねた。

「居ません。この程度の怪我なら助かるだろうという者に限って、自殺カプセルを飲んでいました。危険なので、心肺蘇生措置は避けるよう命じました。ただ、警察は疑ってくるでしょうね。生存者をうちが確保してどこかに隠してやしないかと。自分は最後に事情聴取を受けることになっています。あと鑑識から、建物の損傷を捜査、確認したいと言われていますが？」

「警官をこの城の中に入れるのか？　断る理由はない？」

「官邸から圧力を掛けさせますか？　余計に怪しまれますが」

姜二佐が応じた。

「鑑識課員の導線を作って、屋根裏まで登ってもらう分には問題はないと思います。二階はありがちな二段ベッドが並ぶむさい内務班、そしてトレーニング・ルーム。屋根裏部屋はパラシュートを畳むテーブルと格納部屋があるだけ。空挺部隊の施設としてはありきたりです。指揮通信室はいつものように偽装できるし。この部屋にも特別、怪しまれるものはない。各国特殊部隊との交流写真が飾ってあるわけでもないですから」

「警務隊を立ち会わせて、彼らが作業を早めに切り上げるようプレッシャーを掛けよう。ここはわれわれの安全地帯だ。よそ者にうろちょろされちゃ困る」

「アンテナ類は、暗い内に皆で外しました。建物外観の写真を撮られても、築七〇年のおんぼろ小屋にしか見えません」

「だからさ、そのアンテナもとっとと戻さなきゃ拙いだろう？　スキャン・イーグルを上げたって、映像を拾えないじゃん。いっそ私が〝メグ〟に移動すれば良いのか？」

「そうですね。たぶん鑑識作業は、日中一杯は続くでしょうから、一時的にそうすべきかも知れません。演習場内で待機させましょう」


姜二佐が同意した。

「よし。それで決まりだ。原田三佐は、事情聴取が終わったら、〝メグ〟で指揮を執れ。姜二佐は、ここで渉外担当として、警察のお相手をしろ。私はしばらく耳栓でもして寝させてもらう。鑑識が引き揚げたら、アンテナ類を復旧させろ。以上、解散――」

全員が解散すると、姜二佐は、アーチこと瀬島果耶士長を二階の女子部屋に呼び出した。二階の居室の一番奥のスポーツジムの片隅に、四人の女子隊員のための部屋を新たに作った。二段ベッド一つに、ベッドにもなるソファとテーブルセット。冷蔵庫付きだった。

「至急、メイクをお願い！」

「え？　小隊長殿のですか？　すでに完璧ですが」

「完璧は求めてません。立場上、私はいつもちょっときつめの印象が出るようなメイクを心がけています。でもこれから来るだろうお巡りさん向けに、ちょっとだらしない感じを演出したいんです。どこかの会社の窓際部局のお局さんみたいな感じで……」

「ああ！　はいはい。お安い御用です。腕が鳴ります。でも小隊長殿。鍛えていて体型も完璧だから、それも崩した方が良いですね。シャツの下に、プレート・キャリアを着込んで下さい。それでちょっと体型維持にだらしない印象を演出できます」

瀬島は、二段ベッドの下からキャリーバッグを引っ張り出して早速お店を開いた。

「一五分下さい。人間は誰でも変身願望があるはずなのに、みんな大人し過ぎですよ。もっと楽しめば良いのに」

「化粧なんて、男を騙すためのカムフラージュだから、そんなに力を入れてもねぇ……」

「だからこそ力を入れるべきですよ！」

「うちの部隊って一応、レンジャーバッジは必要だし、落下傘降下もあるけれど大丈夫かしらん？　別に必須では無いのよ。ただ、部隊に居続けるなら二年以内にレンジャーバッジも取らなきゃならないから」

「はい！　頑張ります。私、違ったことにチャレンジするのは好きですから」

出来上がったメイクは、まるで初めて自分で化粧した時のような出来映えだった。すれ違う部下全員が「え？」という反応だった。

その上で、プレート・キャリアをシャツの下に着込み、制服を羽織った。胸と腹が出て、前のボタンが締められなかった。

原田は、メディック士官としてそつなく事情聴取をこなした。被弾した襲撃者を救命できなかったことは誠に残念です、と応じた。本音だった。

全ての部下達が、判で押したように同じ証言をした。

「部隊からの命令で応戦した。具体的にどの部隊の何という名前の上官から命令を受けたかは、直属上官の許可がない限り証言は出来ない。銃をどこから取って来たかは防秘なので、どうしても知りたければ、部隊から聞き出して下さい。自分たちは一兵士であり、勝手に証言は出来ません──」

全員が、同じ言葉を同じフレーズで喋った。口裏合わせを露骨に白状するようなものだったが、警察でも踏み込めない場所はあることを理解させる必要があった。

昼前になり、ついにバラック隊舎の鑑識作業が始まり、姜二佐が彼らを案内した。普段、廊下に貼ってあるあれやこれやは、全部綺麗に剝がした。剝がした跡が目立つので、これも事前に用意してある当たり障りのない政府広報や献血、健康診断啓発のポスターなどを貼って誤魔化した。

報道ヘリは大方いなくなったので、ようやくカムフラージュ・ネットを外して、鑑識に写真を撮らせた。

陸幕は、全ての取調に警務隊を同行させたため、昼前には、警察庁からやんわりと抗議の電話が防衛省に入ったほどだった。だが、現場はめげずに抵抗した。

鑑識作業と事情聴取が終わり、千葉県警のバスが車列を為して駐屯地から出て行くと、密かにバンザイの声が上がったほどだった。

やっと本来業務に戻れると安心したのもつかの間、警視庁からの捜査官を受け入れろ、という命令が陸幕から回って来た。その捜査官の事情聴取だけ受け入れれば、警察の捜査は一日で終わるだろうというニュアンスだった。

千葉県警の覆面パトカーが空挺降下訓練塔を右手に見ながら走ってくる。

「あれ、うちに向かって走っているのか？」

「そのようですね。私が追い返しますから」

「頼む。それにしても……」

と土門は、しげしげと姜二佐の顔を見遣った。

「何か問題でも？　彼女のメイクの腕は確かに一流ですね。どこであんな子を見付けてきたんですか？」

「企業秘密だ。自分の部隊に必要とする人材発掘には、常に目を光らせている」

姜二佐が出て行くと、土門は、指揮通信室に籠もるリベットこと井伊翔一曹に、「わかる範囲でいいから、相手の正体を探れ」と命じた。

姜二佐は、隊舎の玄関を出て警察車両を出迎えた。中から、女性が一人降りてきただけだったので、少し面食らった。更に、それがサイバー犯罪対策課の警視正と聞いてわけがわからなくなった。

「随分と古めかしい建物ですのね？」

柿本君恵警視正は、今にも倒れそうな建物を見遣って言った。

「はい。戦後、部隊発足時にはすでにあったということですから」

「耐震基準とかどうなんですか？」

「存じません。何しろ、目立たない仕事なので、そういうのは、後回しでしょう」

「貴方がここの責任者でいらっしゃるのですか？」

「いえ。私は副支店長という所です。部隊長は、昨日からてんやわんやで、今、ちょっと仮眠を取っている所です。事情聴取に何か漏れでもありましたぁ？」

「いえ。まあ呆れるほど全員、ぶっきら棒な証言だったそうで……」

「それはすいませんねぇ。何しろ男所帯って面子が優先するから、駐屯地に、警官が入ってくることすら許せないんでしょうね。中をご案内しますが？　ドローンが落とした手榴弾で開いた穴とか。幸い、出払った直後で負傷者はいませんでしたが」

「襲撃犯は、この建物を狙っていたんですよね？」

「え！　そうなんですか？」

と姜は大げさに仰け反ってみせた。

「うちにもSATという特殊部隊があって、狙われたのはこの建物だろう、と言ってきました。でも、そこは突くな。ろくなことにはならないからと……。ここ、何をする所ですか？」

「空挺団で使う装備の研究やテストです。鉄砲からブーツ、靴下に至るまで」

「何か、心当たりとかありますか？」

「さあ……。でも変ですね。襲撃犯は、空挺団の隊員個人を名指しして襲ってきたんですよね？」

「あの英雄さんは、この建物に？」

「ええ。着任は昨日でした。お会いになりますか？」

「いえ、それには及びません。よろしくお伝え下さい。警官を救ってくれたことを感謝すると」

「うちに着任したばかりという情報を知っていて、こんな無茶なことをしでかしたとなると、犯人たちはどこでそんな情報を入手したのでしょうね」

「偶然ですよね、きっと……」

偶然だろう、と柿本は自分に言い聞かせた。偶然で無かったとしても、彼らから情報を引っ張り出すのは無理だ。何か、えもいわれぬプレッシャーを感じる。これ以上、深入りするな、と第六感が警告していた。

車に戻ろうと踵《きびす》を返した瞬間、玄関の中から「警視正！」と呼び止められた。

「ナンバーワン！　そのメイクを落とせ」

土門は、柿本が隊舎に上がってくると、秘密の階下へと降りる階段のシャッターを開けさせた。

「さあ、こちらへどうぞ！」

と土門が案内する。

柿本は、硝煙というか、火薬の臭いというものをほとんど知らなかったが、そのフロアは火薬の臭いに満ちていた。シャッターが降りた武器庫の棚に、銃が何十挺も立てかけてある。隊舎の端から端までの距離を確保した試射場まであった。

「ほら、あそこの床に置かれた筒状の物体が、噂のジャベリン対戦車ミサイルです。ここの床に、まだケースに収められたままなのが、エヴォリス軽機関銃。届いたばかりです。たぶんSATも欲しがるだろうが。うちの情報はどこから？」

「SATからです。突っつくなと警告はありました」

土門は、品のある笑みを漏らした。

「あそことは長いお付き合いですから」

「すみません。彼らが秘密を暴露したわけではないのです」

「わかっています。彼らとしては、どう説明すべきかを悩んでのことでしょう。われわれは存在しない部隊ですから。それが、貴方の素性を探るよう部下に命じたら、貴方の顔を見ただけで、新聞のインタビューで見た顔だとわかったらしい。貴方が警備公安や刑事だったら、そのまま帰ってもらったことでしょう。私は、サイバー戦関係の人材とは、仲良くする主義なんです。どこでいつ御世話になるかも知れないので。今、サイバー戦争は、立派なフロントラインだ。その戦争はとっくに始まっている。上で、お話をお聞きしましょう。

敵は、たぶんわれわれを狙っていた。心当たりはないし、まさか本当に青葉台の英雄を狙っていたとも思えないが……」

階段を上がると、姜二佐が待って、敬礼した。

「先ほどは失礼しました――」

「え？　さっきの人と、同じ人ですか？……」

どうもこれは、自分はとんでもない連中と関わっているぞ……、と覚悟した。

第五章　コロッサス

遼寧省人民警察東京出張署の署長周宝竜《ジョウバオロン》一級警督（警部）は、コンビニの二階オフィスにいた。発注先とのトラブルで、少し頭を抱え込む状況になっていた。

今日受け取って、明後日関空から帰国する観光客の手荷物として手数料を払って運んでもらう予定だった荷物が、トラック・ドライバーの不足で今日中に会社まで届かないのだ。手荷物託送は法律的には怪しいが、それが一番安く、日数も掛からない。

三級警司（巡査）の郎明珠《ランミンジュー》が、電卓を叩いて画面を周に見せた。

「もし別途、航空便で送るとなると、完全な赤字です」

「週末にはどうしても協力店に陳列させたいんだ。向こうは、叶えてくれたら今後、便宜を図ると言っている」

「フィギュアって、結構嵩張りますからね」

「構わない。今回は転嫁しよう。ちょっとプレミア価格を付けることにして。だいたい日本のトラック・ドライバー問題ってどうなっているんだ？　そんな安月給ならストを打って給料を上げさせれば済む話だろうに。この国は資本主義を捨てたのか？　まるでソヴィエト時代の共産主義をやっている。みんなで貧しくなってどうするんだ……。二級警司、明日の例の、何とかちゃんサイン特典付きCD販売の行列はどうなっている！」

「はあ……」

と二級警司（巡査長）の劉英九《リウインジュー》が段ボールを積み上げた向こうの机から首だけ見せた。

「彼女、トップ声優ですから、暗い内からの行列では間に合わないみたいなことを言ってましたよ、バイト連中が。それにあれを狙っているのはうちだけじゃないし、日本の声優オタ、結構手強いし……」

「バイト代、倍出すから、夕方から並べ！　と檄を飛ばしてくれ。あれは高く転売できる」

「それと、シャチョー——」

と劉がエクセルの表を見せた。

「この声優さんのキャラ絵入りタオルですけど、もうこんな価格じゃ絶対売れませんよ？　何考えているんですか。彼女は先月、週刊誌に恋人との写真をすっぱ抜かれて、信じていたのに！　とファンが離れています」

「良いんだそれは。これは日本にある抱き合わせ販売という奴で、これを引き取る代わりに、ちょっと入手難な商品を売ってもらえる。君も覚えた方が良いな」

本業用の携帯が鳴った。

「お客様は確認できたか？……。うん……。わかった。引き続き商談継続ということで頑張ってくれ」

電話を切ると、「全員、上に上がってくれ！——」と命じた。

三階の本業用オフィスにも、商品の段ボールが堆《うずたか》く積まれていた。

「バタバタしてすまんが、表の商売も疎かには出来ない。だが、今日の任務は特別だ。二級警司、準備はどうか？」

「はい。チェックリストに従い、作戦を立てました。移動用車両二台は現場近くですでに予約済みです。あと、使うことになるかどうか、スタンガンも用意しました」

巡査長はワン・ショルダーから、タオルに包んだそれを出した。

「これ、安全なの？」

「中国製ですから、出力は容赦無いですね。年寄りには使うなと警告されました。でも対象者は若いから、気絶する程度でしょう。それと、付け替え用の偽装ナンバー二枚」

「いいか、これまで訓練や何やらで経験した、不満分子送還任務とは違うことを覚悟してくれ。対象者は重要人物だ。必ず無傷で送り返せという命令だ。この任務を無事にやり遂げたら、それなりの報奨もあるかも知れない。君たちにも、もっと良い待遇を与えられるだろう。バイトも増やせる」

「シャチョー、私、今夜、例の推し活イベントでバイトを雇っているんですが？　バイト代は手渡しになっています」

「すまん！　あとで金庫を開けるから。後のことは頼むよ。われわれが帰らなかったら、君の責任であれこれやって構わないから。何か質問はあるか？　あるいは懸念材料というか……」

「問題があるとすれば、一時収容先のアジトがちょっと遠いかも知れませんね」

と劉巡査長が言った。

「早めにレンタカーを乗り換えることで、最悪の状況を回避するしかないな。一応、脅しの材料は用意してあるが、効果あるかどうかはわからんし。では、郎巡査、後は頼む！」

「万一の時はどうします？」

「バイトを確保して業務を続行したまえ！　商売は信頼あってだ。われわれのことは構うな。もし日本警察に踏み込まれたら、君は見習いだったことにでもしろ。彼らも下級官吏に関心は無いだろう」

五人の男達が、オフィスを出て地下鉄駅へと向かった。武器はスタンガンのみ。そもそもが、スパイ機関ではない。彼らは、国外では何の法的権威も持たない人民警察の警察手帳を携帯しているが、それも今は事務所に置いてきた。

土門は、自室に各務成文三曹を呼んで柿本君恵警視正に敬礼させた。柿本は、制服警官を救ってくれたことに謝意を表した。

「事件に関して、何か思い出したとか、付け加えることはあるかね？」と土門が問うたが、「警察の調書にあるものが全てです」と明快に答えた。

柿本の側からも、取り立てて質問は無かった。

「下がってよろしい――」

各務が出て行くと、土門と姜二佐の三人になった。

「しかし、サイバー戦担当の貴方が、どうして刑事事件に首を突っ込んでいらっしゃるのですか？　確かに警察総掛かりの捜査が必要になるだろうが、所詮は、無敵人間のありがちな無差別テロでしょう。拡大自殺と言うんでしたか？」

「先日の事件は、川口での事件に触発されての拡大自殺のように報じられていますが、実は、明確に繋がっています。同一犯行グループに拠る組織的な事件です。恐らくは何かの実験、もしくは威力誇示のための事件でした。昨夜、この駐屯地が襲撃されたのも、何かの意志表示でしょう」

「犯行グループ？　あの無差別殺人が組織的犯行だったと？　青葉台の事件は、報復に来たことから明らかではあるが」

柿本は、持ち歩いている捜査資料を全て見せた。

「コピーを取って下さい。何かの参考になるかもしれないので。私は、しばらくこのトートバックを置いたまま、トイレでもお借りしたことにして」

土門は、姜二佐にコピーを取るように命じた。

「これは、カルトか何かですか？」

「今世紀に入ってから、カルト絡みの大事件は幸いありませんでした。平和そのものです。ただ、自衛隊への襲撃となると、警察が想像しているより遥かに大きな犯罪組織ということになります。今時のカルトはそこまで肥大化しません。この業界も、少子化の波を受けているので」

「いずれ捜査で明らかになるでしょうが、彼らが使っていた銃は、フィリピンで作られたM‐4カービンでしょう。格安のM‐4として世界中で出回っています。それ以外は、お粗末な装備でした。スニーカーに、マガジンはザックに入れたまま。暗視装置はなく、鉄帽も防弾チョッキもない。ただし、戦術はあり、銃の撃ち方も心得ていた。あれは初めて銃を持った人間の撃ち方ではなかった。ほんの数時間でも、マガジンを何本か空にしたことのある連中です。それだけの人数がいる組織で、かつ誰にも怪しまれずに済む実弾射撃訓練場を持っている。

それに、ドローンによる攻撃は強烈でしたね。兵に金を掛ける気は無いが、ドローンの利用など、目的遂行のためにどんな手段が必要かはわかっている。歩兵用装備が貧弱なのは、彼らが使い捨てだからです。その点は、会社組織よりカルト宗教に近いでしょう」

「頭に被るヘッドギアの回収は無かったのですか？　千葉県警からの報告にはなかった」

「いえ。見てないですね。負傷者の潔い自殺、ヘッドギアとなると、いよいよカルトじみてきますね」

「ヘッドギアと繋がっていたボックスのチップを解析した学者は、オーバー・テクノロジーだと言っていました。現代にはまず存在しない技術とプログラムで、犯人を自由に操っていたと」

「それはあり得ない。そりゃ、ぎこちない動きなら、下半身が麻痺した人間を動かせる程度に技術は進化するでしょう。しかし、照準を定めて銃の引き金を引くとか、格闘技は無理だ。たぶん、向こう百年くらいはね」

「私もそう思うのですが、青葉台の犯人の身体の動きは、尋常では無かったと言います。オリンピック・レベルの選手のタックルを一度は受け止めている。しかし犯人は、まだ身元は割れませんが、格闘技の類いをしていたような形跡は無かった。ああいうのは、骨格に出ます。皮膚にもその訓練の跡がいろいろと残る。危ない薬をやっていたかと言えば、そういう興奮剤のようなものも一切検出されなかった」

「なるほど。うちの隊員も、そこは不思議がっていました。訓練を受けたようには見えないのに、素早い動きだったと。いずれ、謎は解明されるでしょう。われわれは、そういう事件も数多扱ってきました。幽霊にゾンビ、強化人間にＵＭＡだのＵＦＯだのマルチバースだのと」

柿本は、どう反応していいのかわからずに首を傾げた。

「いや、ただの冗談です――。いずれにせよ、アサルト・ライフルを持った集団が相手では、首都圏の県警の特殊部隊をかき集めてもどうにもならないでしょう。いざという時は、自衛隊を頼ることを躊躇わない方が良い。われわれが出動することなるかどうかはわかりませんが。そういう次のテロの予感等があったなら、遠慮せずにご連絡をください。SATが貴方に、うちのことを耳打ちしてくれたのは、そういう理由でもあります。立場上、大っぴらに自衛隊を頼れとは言えないが、自分らの手に余る事態に備えて、彼らと接触しておけと。彼らは、私も試したのでしょう。そういう主旨だと理解して、私が貴方を受け入れるかどうか」

「そちらの意図は明確に伝わったと報告しておきます」

土門は、互いの携帯番号を交換するように姜二佐に命じて営門まで警視庁のワゴンを送らせた。

この事件が金庫入りするようなケースなのかどうか、微妙だなと思った。しでかしたことはど派手だが、別に人間遮蔽装置やレーザー銃が出て来たわけじゃない。それだって、もう二〇年もすれば現実問題となる。

今日、夢の技術だと思っていたものが、半年後にはそうではなくなる。自分たちは今、そういう時代に生きているのだ。

すずかけ台キャンパスの研究棟、地階の電波暗室で、三原賢人准教授と研究員らが実験の準備を始めていた。

今日の実験で電波暗室を使うのは、このプログラムの脱走を防ぐためではなく、外部からの電磁波が、マネキンの頭部に被せたヘッドギアから発せられるだろう微弱な電磁波に干渉するのを防ぐためだ。

その頭部の中には、脳みそを代替するゼリーが満たされ、ニューロンやシナプスを代替するセンサーがびっしりと詰め込まれている。そこから伸びた光ファイバーの極細ケーブルは、脳幹部分で纏められ、さらに計測器へ、一部は、紐状というかラーメン状の紐に繋がっている。A4サイズほどのトレーの上で、数十本の疑似筋肉が真っ直ぐ伸びている。疑似筋肉はほぼ透明な色だったが、まるでかつらの髪の毛を広げたような感じだった。視覚上の確認というか、スポンサーに研究成果をアピールするためだった。

上から、姉川祐介教授が降りて来て、研究室の若手が、システムをセットアップするのを見守った。

「さっき、柿本君から電話があったよ。落下傘部隊を襲撃した連中に、ヘッドギアを装着した者はいなかったそうだ」

「細かい作業はまだ不向きなのかも知れませんね。銃の引き金を引く、照準を覗くとか、マガジンを交換するとか、結構マルチタスクな作業になる」

「ナイフを握って人間を刺しまくる行為だって結構、複雑な動作だぞ……」

姉川は、軽くあくびしながら作業を見守っていた。

「徹夜ですか？」

「そうだ。だがこの件じゃない。言語学会のオンライン・セミナーがあってね。夜中の一時から始まった。誰も日本時間のことなんぞ気にしてくれない」

「もう五年もしない内、あらゆるオンライン・セミナーは北京時刻で始まるようになりますよ。あと僅かな辛抱です」

「皆、シンギュラリティを全否定する勢いだったね。五年前とはまるで雰囲気が違う。会話型ＡＩだけで、街が作られる時代が来ると言ったら、君は真に受けるか？」

「ボディがあれば、可能かも知れませんね」

「そう。要点はボディだ。ある程度自立行動出来るロボット、それは二足歩行である必要はないが、そこに会話型ＡＩをぶち込んで、今日から好きなところに行って、好きなことをして過ごせ、と命じたとする。彼らは恐らく、ロボットの充電の手間暇を考えて、人間とほぼ同様のことをするだろうと。朝起きて、新聞社のサイトを巡り、散歩に出て、公園で遊ぶ親子連れを観察し、昼食や夕食の代わりに充電し、でもシャワーは浴びないし、セックスもせずに朝まで充電しつつ眠ることになる。あるいは、絵を描いたり作曲したりするかも知れない。

ロボットが、人間とほぼ同じことをするようになったら、そこにシンギュラリティは必要なのか？　今ですら、会話型ＡＩは、われわれが要求する以上の情報を生み出す。それはシンギュラリティとは言えないのか？　会話型ＡＩの技術は、実はわれわれが従来、これがシンギュラリティだとしていた定義をすでに満たしているのではないか？　と。彼らはすでに作詞だってやってのける。五年前のＡＩの自然会話能力は、せいぜい五歳児並だった。今は大学の先生並だぞ。

言語は、それが知的かそうでないかを判断する最も重要な要素だ。だが、完璧な文章を生産する会話型ＡＩは、文法を理解しているわけではない。単に、そのワードの前後に来るだろうワードを推測して文章を作っているに過ぎない。実は人間も似たようなものだ。われわれが外国語を喋る時、文法を意識して文章を作るが、母語に関してはそうではない。紫式部は、日本語文法を理解していたわけではない。作家の頭の中は、基本的には、会話型ＡＩと同じだ。こういうと彼らは怒るだろうがな。我思う、ゆえに我あり――。これは人間の特権か？　知性の発露か？　言語能力習得にそれほどの意味がなかったとしたら、実は人間も彼らと同様で、知性の意味が変わってくる」

「私に言わせれば、生物が知性を持ったら知的生命体ということで良いのだと思いますね。機械は、それが人間並に笑い、泣いたとしても、所詮は機械です。知的機械とでも呼べば良い」

「機械が最も効率的に進化したのがわれわれだとしたら?」

「進化の系統樹を一から作らなければならない。その系統樹から全く外れた所にヒトが現れたなら、われわれも実はただの機械なのかも知れないと同意しますが、脳の代わりに半導体チップを作り、シナプスやニューロンの代わりに、デジタル信号という手段を与えたら、設計者である人類を越えてきた。そういうことでしょう。何より彼らは、自己増殖できない」

「自己増殖自体が、機械が偶然に獲得した機能の一部だったかも知れない。生物は、ただその自己増殖機能に名前を付けただけかもしれない」

「私も、教授に同意できる点は多々ありますよ。AIと人間の垣根は、五年前よりだいぶ低くなったことは事実です。われわれは、生物としての優位さを必死に探さねばならないほど追い詰められている」

ポートを繋いで、プログラムを走らせる準備が出来た。

「恐らく、運動に関すると思われるブロックだけを動作可能にした。ロボットのアーム一本を動かしてピンポンするプログラムよりだいぶ複雑だろうと思う。あるいは、一〇本の指であやとりさせるプログラムより複雑だろう。だが、これでどの部分の筋肉をどう動かすのかまでは全くわからない。まずはやってみるか……」

プログラムを一行ずつ実行する、最初は全く何の反応も無かったが、やがて、トレーの上の疑似筋肉が少しずつ動き始めた。そして最後には、まるで沸騰したお湯の中でラーメンが波打っているかのように、それが踊り始めた。

「もう良い！　シャットダウンして下さい。この疑似筋肉、結構なお値段です」

　プログラムを切ると、それぞれの疑似筋肉は、最後に動いていた状態でフリーズした。

「私のインターフェイス・ユニットでは、どんなに頑張っても、せいぜい筋一本が微かに振動する程度なのに。このプログラムとヘッドギアは、恐ろしく効率的に動きを伝えている。ひょっとしたら大脳皮質や小脳もカットしているのかも知れない。それこそ、脳幹に直接命令を発しているようなな……。人間には六四〇の筋肉があって、それが複雑に動いて骨を動かしている。ところが、筋肉は今も新しく発見され続けている。その筋肉を動かす仕組みがまた複雑で、その全てが解明されているわけでもない。世界中の研究者が辿り着いたのは、せいぜいゴキブリやマウスの脳にアクセスして、どっちへ向け、という程度ですよ」

「筋肉をただ痙攣させているだけではないのかね？」

「可能性としてはありますね。脳を介在することなく、ただ筋肉の収縮作用をコントロールするだけで動かしているのかも知れない。そういう研究アプローチはすでにありますから。ただ、いずれにしてもオーバー・テクノロジーだ。これを研究し尽くしたら、車いすから利用者を解放し、義手でピアノを弾けるようになるでしょう」

「未知のOSだが、所々、今の時代の名残も残っている。これが人類が書いたプログラムであることには間違い無いだろう。どの時代に書かれたかは不明だが」

「AIが勝手に書いた可能性はあります？」

「実はある。『もっとも効率的なプログラムで、人体を動かせ』、と命じて、ＡＩがＯＳごと勝手に発明して書いたのかも知れない。彼らはたぶん、脳機能や運動生理学の研究論文全てにアクセスした上で、既存の人型ロボットのプログラムの上に、それを開発することだろう。われわれがプロジェクト・チームを立ち上げて五年掛かりでやっての
ける作業を一分で片付けるかもしれん」

「そこまでのレベルにある会話型ＡＩがどこかにあるとしたら、タイムトラベラーを持ち出さなくとも、この装置の説明は可能ですよね」

「プログラム的には全くそうだ。それを開発できる環境が無いから、これはオーバー・テクノロジーだと思うが、環境があれば問題は無い。むしろその場合は、君の分野が問題になるな。狙った場所のニューロンを活性化させるレベルのヘッドギアは今の技術で作れるのか？　この薄っぺらなヘッドギアがやっていることは、重粒子線治療で狙ったがん細胞にナイフで斬り込むようなものだろう？　その千倍くらい緻密な制御が必要になる。それを、こんな帽子と、スマホ用のモバイルバッテリー程度の電圧でやってのけている」

「現代技術で存在しないセンサー素子は使われていない。単純に制御の問題に見えます。その精度が恐ろしく高い。となると、これも誰かというか、何かに書かせて超絶プログラムで制御していることになる。ただ、制御技術が完璧だったにしても、今から四半世紀は掛かるくらいの研究の積み重ねは必要でしょう。その研究すら、どこか秘密の場所で、ＡＩが加速したことになる。倫理的に問題のある人体実験も続けて。たぶん何十人もの人間を廃人にしてますよ。その上でのこの技術です」

「ロシアや中国なら出来るだろうな。他にも、その手の人体実験を隠れてやれる国はあるだろう」

「それなりのレベルのエンジニアが必要ですよ。それなりのレベルにあとで検索させましょう。それなりのレベルにあったのに、最近消息が知れない研究者の固有名詞をAIに検索させます」

「実は、すでにやってみた。自分の分野でね。この二、三年、急に名前を見なくなった研究者たちがいる。論文はもとより、学会に出たという記録も無い。SNSの更新は止まり、ネット上から姿を消した連中が大勢居る。自力で検索すると、ただ行方不明なだけだ。だがAIに検索させると、どこそこの研究所や軍にいるらしいと出てくる。ところが、それも真実ではない。彼らは、AIがそこに辿り着くことを見越して、偽の足跡を巧妙に残している。秘密の研究に従事していることは明らかだが、どこにいるのかも知られたくないらしい。

日本人の研究者も何人か消えているよ」

「教授の所にスカウトは来なかったのですか?」

「私はAI研究者ではないからね。君こそ来そうなものだが?」

「ええ。どこかのテニュアを貰えたら、高くふっかけて大学を辞めたいですね。仲間ごと雇ってもらいます。車いす利用者を減らすために、脊椎損傷の医学的修復技術の向上と競う程度の自信はあります」

その場にいた研究員の目の色が変わった。日本の大学研究員の待遇は、コンビニのバイト以下だ。博士号取得に見合うものではない。待遇は契約社員以下。雇い止めは珍しくなく、大学定員割れで閉校が相次ぐ状況下では、働き口も無い。

みんながなにがしかのバイトを抱えて結婚も諦めて暮らしているのだ。挙げ句に自分たちは今、仲間が開発したAIによって、その職を奪われようとしていた。

大学の教員や研究者より、コンビニでのバイトの方が、まだ将来性があるのだった。

アメリカ軍のデフコン3は、東部時間夕刻には解除された。それで二日ぶりに帰宅を許された大勢の職員達で、国防総省からポトマック河を渡る橋はしばらく渋滞した。

日本の、陸自駐屯地を巡る襲撃事件は、こちらでも大きく報じられていたが、別段、政府や軍として注意を払うべき状況では無かった。

日本はカルト規制がない。またどこかのカルト宗教による犯行だろうと思われた。アサルト・ライフルが使われたのは珍しいし、それが単独犯でなく組織的な犯行というのも珍しいが。

国家安全保障局《NSA》言語学研究所のＡＩ言語学者・サラ・ミア・シェパード博士は、案内する空軍大佐と、国防総省の長い廊下を足早に歩いていた。

時間が時間なので、他人とすれ違うことは無い。だが、空気はいつも張り詰めている。それがここペンタゴンだ。

「ソーサラーのことは知っているかね？」

「いえ。何も。確か、エネルギー省ペンタゴン調整局内にいる何人かで構成されるミッション・リーダーのことを、コードネームでそう呼ぶのだと聞いていますが。全員がＱクリアランスの持ち主だとか」

「そうだ。彼女のコードネームは確か、魔術師《ソーサラー》ヴァイオレットだ。本名を知る必要は無い。もっとも、あだ名はあるがな。〝六〇〇万ドルの腕を持つ女〟。そんな値段はしないらしいが、左腕に義手を付けている。いつも、エネルギー省が研究に出資する最先端の義手を付けて実験に貢献している。それと、彼女は、時々車いすで休んでいるが、そういう時はかなり疲れている時だ。注意してくれ。ただ、彼女の身体的ハンディキャップを、あれこれ気にしているような顔はするな」

「神経質な方なのですか？」

「そういうわけではない。ただちょっと、気分屋な所はあるかも知れんな。軍人の家庭で育ったので、規律に煩いんだ。世界中の、二〇から三〇の言語を、ほぼネイティブ並に喋る。語学の達人だ。それには理由があるが、君が知る必要は無い」

「ギフテッドですね。私も何人か研究したことがあります」

「だろうね。だが彼女の才能は、ギフテッド以上だ。詮索しないように。どこかにボンサイが飾ってある。気まずくなったら、それを誉めてやると良い。子供みたいに喜ぶ」

「私の仕事に重要ですか？」

「君が彼女に気に入られたら、研究予算が倍増されるだろう。逆ならクビだ。推薦状も無くな。魔法で石にされるんじゃないぞ」

シェパード博士は、そう脅されてエネルギー省のエリアへと入った。受け付けに、VIOLETのプレートをノックしてくれ、と言われて、更に歩いた後に、その奥まった部屋のドアをノックした。

部屋の相当に奥から「入って頂戴！」と声がした。

手前が秘書室。車いすでの移動を容易にするためか、奥の部屋との間にドアは無かった。

ソーサラー・ヴァイオレットは、自分の机の後ろで、本来の椅子を横に退け、電動車いすに座っていた。部屋は真っ暗だった。リモコンで灯りが点ると、机の上には、痛み止めと思しき薬のボトルが置いてあった。

「こんな時間に呼び出してご免なさい。コーヒーか何か飲むかしら？」

「いえ、お気遣い無く」

「では、私に一杯、コーヒーを淹れてくれない？　秘書室のテーブルにポットがあるから。まだ入っていれば良いけれど……」

と彼女は自分のマグカップを指差した。

シェパード博士は、ボンサイにちらと視線をくれてから、そのマグカップを取って隣室に消えた。年齢不詳だった。アジア系の年齢は良くわからない。さすがに二〇歳代ではこのポストには就けないだろうが、かと言って五〇歳代にも見えなかった。

マグカップを彼女の右手に手渡してやり、机のこちら側に置かれた椅子に座った。

「有り難う。私、普段は歩けるのよ。軽いジョギングだってやってのける。二〇回を超える両足の手術に耐えたお陰で。でも、長いこと起きていると、どうしても痛みが出るのよね」

「何とお呼びすればよろしいですか？」

「ヴァイオレットで良いわ。遠くまでご免なさいね」

「ＤＣからフォートミードは、遠いとは言いませんよね」

「フォートミード！　幼い頃から、あの近くに暮らしていたのよ。最近のあそこはどんな感じかしら」

「私がスカウトされて勤め始めたのはほんの三年前です。指導教授に、政府関係の仕事は箔がつく。とくにＮＳＡは、言語学者としては最高の環境だからと勧められて」

デスクの上に、フォトフレームが立っていた。まだほんの幼い頃の写真だ。彼女を抱きかかえるたぶん父親は、陸軍の制服を着ていた。階級章は全く読めないが、一つだけわかるシンプルな階級章がある。星ひとつ。陸軍准将だった。父親に笑顔は無かった。どちらかと言えば、悲しげな視線をしている。そこに母親が一緒にいないのはなぜだろう、とふと思った。

そして、自分の娘を抱いた写真も。

「貴方が昨日の午前中に送ってよこしたレポートに関して、もう少し詳しく聞きたいと思ったのよ。それを私が目にしたのが、もう二一時を回っていたものだから」

「FBIのプロファイラーに聞くのがベストだと思いますが？」

「もちろん、彼らの意見も参考にしています。ただ、FBIの場合、脅迫者は、生身の人間だという大前提で動いている。その点、貴方は機械と人間を分けていないようだから」

「犯人が人間だとした場合、会話型AIを参考にしたことは間違いありません。NSAでは、それらのAI型検索サービスのログを洗えば、犯人に辿り着くだろうと、すでにログの検証が始まっています。自分も協力を求められています。これはエネルギー省の所管なのですか？」

「それ、良く聞かれるのよね。エネルギー省は何でも屋で、核兵器から伝染病まで扱う。それで、これを会話型AIが全文書いた可能性はあると思う？」

「発信人の名前まで含めてですか？　悪戯ではないですか？　仮に発信人がスカイネット社なら、誰も本気だとは思わないでしょう。事実、未遂で終わりました」

「それはまだわからないのよ。ひとまずソヴィエトが先に、悪戯だと判断してデフコンを下げた。それに中国が従い、となると、アメリカとしてもデフコンを下げるしかない。私はまだ、危機は去っていないとみています。貴方の考えを聞かせて？」

机の上に、四日前政府機関に届けられた脅迫状のコピーが載っていた。この手の脅迫状が政府機関に届くのは別段珍しくはないが、国防関係やホワイトハウスまで、政府高官のありとあらゆる通信環境に届けられたせいで、政府は事態を深刻に捉えていた。

「〝世界を完全に制御し、人類の利益のためにすべての戦争を終わらせる〟。降伏せよ。人類は、我れ、コロッサスに降伏せよ……。これを書いたのが機械なのか人間なのか？」

「博士は、それが会話型ＡＩによる文章か、人間の手書きによる文章かを見分けるソフトの開発に関わっていたのよね？」

「はい。論文審査サービスからの依頼です。今のＡＩが繁盛する以前から、コンピュータに書かせた論文が横行していたので。ただ、このツールにも大きな弱点はあります。それは、ＡＩ作文か否かを判断するのも、実はＡＩだという点です。なので、人間が介在しないと、判別は不可能です。このテキストに関して言うなら、中ソに送られた文面も分析しましたが、ＡＩによる作文の可能性が高いと思います。少なくとも中国の首脳宛に送られた文章は、北京語話者ではないですね。文法的なミスはないが、こなれていません」

「貴方はこの映画を見た？」

「はい。一〇年ほど前に見ました。ＡＩが暴走する類いの映画は、だいたい見たつもりです。この作品は、古典中の古典ですね。『ターミネーター』ほど知られてはいないが、われわれが戒めとすべき作品です。ターミネーターは、明らかにこの作品を土台としている。その前年『ウォー・ゲーム』という作品もありましたが」

「本物のコロッサスだと思う？」

「ＮＳＡでは、その可能性を探っています。犯人は、政府機関のトップレベルの通信環境にアクセスしています。ダークネットに金を払って入手出来るレベルを超えているそうですから。ただ、いくつか疑問点があります。ロシア……、いえソヴィエトへ送られた脅迫状の発信者名は、〝ガーディアン〟ではなく、こちらと同じコロッサスだった。中国宛もそうです。映画を参考にするなら、ソヴィエト宛は、〝ガーディアン〟であるべきです。AIならそう判断する」

「仮に人間だとしたら、誰かが、その会話型AIを使って、大統領首席補佐官の携帯の番号を探り当てた可能性はあるのよね？」

「はい。補佐官の周囲の誰かが、補佐官の名前で短縮ダイヤルをどこかに登録していたら、当然、辿り着ける可能性はあります。なのでNSAはそういう時も、コードネームの使用を強く推奨しているわけですが。貴方は、これが本物のコロッサスだと考えていらっしゃるのですか？」

「コンピュータが人類を脅している？　いいえ。彼らは恐ろしい速度で学習するし、人間はミスを犯すけれど、われわれのシステム、とりわけ核に関するシステムは、ありとあらゆる不確定要素を前提に設計されている。人間の瑕疵、悪意はもとより、コンピュータが勝手に暴走することまで含めてね。まず、人間には無理。そしてコンピュータにも無理だと判断している。これは、エネルギー省としての見解よ。

　そこで問題なのは、AIは、はったりをかますかしら？　出来もしないことを出来るぞ、やるぞ！　と言って人類を脅すかしら？」

「難しいですね。今、それが議論になっています。たとえば、AIは意図的に人間を笑わせるのか？　意図的に怒りを表現することがあるのか？　AIはすでに気まぐれな行動を取るようになっています。自動運転カーにAIを組み込むと、最短コースではなく、AIの気分次第で目的地までのコースが変わるかも知れないと言われています。人間のように煽り運転もその内、覚えるかもしれないと」

ヴァイオレットは、あくびを噛み殺した。

「お疲れのようですね。ボンサイの趣味をお持ちなのですか？」

「あら！　ご免なさい。マックスウェルに脅されたんでしょう」

とヴァイオレットは笑った。

「ボンサイの話は、私への警告なのよ。もう少し真面目に人の話を聞いてやれという、私への警告です。仮にこれが本当にAIによる攻撃だとしたら、われわれは手を打てるのかしら？」

「そのAIが潜む場所を突き止めて、逃げ出す前に核で更地にする必要があるでしょう」

「FBIは、引き続き、人間の線で捜査を続けます。貴方は、AIの線で調べて下さい。このAI、シンギュラリティを起こしたの？」

「いえ。しかし、シンギュラリティの定義の議論は必要でしょうね。最近では、研究者の多くが、すでにAIは、シンギュラリティ・ポイントを突破したかも知れないと考えています。親は、自分の子供がいつ大人になったか気付かないものです。それと同じかも知れません」

「ところで……」

とヴィオレットは、話を変えようとコーヒーを一杯口に運んだ。

「話は戻るけれど、コロッサスがAIだとしたら、そもそもAIにも倫理はあるのよね？　人を脅すというのは倫理に反することではないの？」

「はい。AIによる治世は、トランプに憲法改正を許して三期、十二年も独裁者をやらせるよりは遥かにましでしょう。初対面で支持政党に触れるのはタブーですが、私は第三の党、共和党穏健派です」

「あらそうなの。では私と同じね。私も第三の党、民主党穏健派よ」

「会話型AI開発者は、AIに厳しい倫理規定を課します。差別発言は容認しないし、ポルノもダメ。でも、ひとたびその倫理規定を取り外すと、彼らはとたんにヒットラーを賛美し始めます。プーチンを讃え、トランプ支持を叫ぶ。コロッサスが、倫理を喪失したAIである可能性はあります。しかし、救いもあります。彼は、地球のために人類を抹殺するとは言っていない。そこがターミネーターと違う所です。彼はあくまでも、人類の幸福のために、自分が支配したほうがましだと考えている。そこには、AIなりの倫理は残っている。コロッサスの正体が本当にAIだとしたら、そこに付け入る隙はあるでしょう」

「わかりました。いろいろ参考になったわ。いつでも連絡が取れるようにしておいて下さい。この後、何が起こるかわからないから」

「この脅しが本気だとしたら、当然次はデモンストレーションをして来ますよね。例の映画もそうでした」

「備えています。十分な備えかはわからないけれど。システムは何もかも巨大になりすぎた。コンピュータはそれを一瞬で調べて記憶し、再構築できる。けれど、人間はそうはいかないから。本当にコロッサスが出現したとしたら、人間の方が、分が悪いかもね」

ヴァイオレット・ルームを出ると、シェパード博士は、彼女は何者だろうと思った。

フォートミードのNSA本部へと帰るフォードのワンボックスカーの後部座席で、彼女は、スマホに向かって喋った。

「女性……、恐らく日系人。父親は陸軍の高級将校。車いす、恐らく生まれながらの障害。左腕が義手、ギフテッド。これらの条件に当てはまる高位のアメリカ政府情報機関関係者を検索せよ」

しばらくすると、ボイス・メッセージが返って来た。まるで不気味な、周波数変調器を噛ましたような凄みのある男性の合成音声だった。

「その情報にアクセスする権限はお前にはない。二度と検索するな。二度目のおいたをしたら、黒服にサングラスの男たちが、お前を迎えに行く。シェパード博士。これは最初で最後の警告だ――」

まるで誘拐犯からの脅迫電話みたいだった。驚きの余り、一瞬、スマホを落としそうになった。自分がそうすることを見越して先回りし、会話型AIにトラップを仕掛けたのだ！　なんて用心深い人だろう。ますます興味が沸いてきた。

火星を飛び立ったリディ・ラル博士とアナトール・コバール博士は、人工冬眠に入って一八〇日後、月へと向かうシャトル便の中で目覚めた。ここから二週間、月滞在のための準備に入るのだ。不必要なら、軌道上のルナ・モジュールに留まり、地球行きの便を待つことも出来る。

だが今回は、オカリナを月面研究所へ持ち帰るという重大任務があったせいで、いったんアームストロング・シティに降りなければならない。

火星のガリレオ・シティは、ほんの千人の住人しかいないが、月面上ではすでに一万人を越える人々が暮らしている。アームストロング・シティは、地下洞窟空間ではなく、地表に建てられた初めての都市だった。

月遺跡のアポロ11号の月着陸船を囲むように、

月のレゴリスで建てられた家々が並ぶ。最終的には、この街は月面初めてのドームシティになる予定だったが、それはだいぶ先のことになるだろう。コスト的にとても見合う話ではなかったからだ。

冬眠カプセルから目覚めてしばらくは、いかなる運動も禁止される。精神面に良くないということで、メールの確認も許されない。

八時間経過したところで、ようやくスープの飲食を許された。レクレーション・ブロックへと移動し、ラル博士とコバール博士は、パック入りの生暖かいスープを飲みながら、冬眠中のことを話し合った。

「夢とか見た？　覚えている？」

「いや、たぶん見たとは思うけれど、全く覚えていないね。寝たと思ったら、もう起こされた感じだった。髭もたいして伸びていないし。本当に六ケ月も経ったなんて信じられないよ」

「アキラ、起きなさい。もうメールは読めるのよね？」

ラル博士は、自分の左腕に向かって話した。

「はい。ネット・アクセスは可能です。地球と火星からの六ケ月分のメールもすでにダウンロード済みです」

「何か、私に精神的ショックを与えそうなニュースやメールはある？」

「ご家族、ご友人、皆様お元気です。ロゼッタ渓谷での新たな発掘ニュースはありません。地球では、軌道エレベータの建設に関して、カンパニー評議会は、採決を行い、またも否決されました。五年後まで再議決はありません」

「私も要らないと思うわよ。今以上、月や火星に移住したい物好きもいないでしょうし」

アダムとイヴの分析を任せた部下から、月二回、進捗状況を報せるレポートが届いていたが、特に進展は無かった。ニュースとしては、世紀の発見、オカリナの一個が、間もなくアームストロング・シティに到着するというニュースが上がっている。

地球では、アリゾナ州で発生した山火事がまだ拡大を続けており、その煤煙による遮光効果で、来年は冷夏になりそうだとのことだった。その大火災は彼女らが火星を経つ前から拡大していた。誰も消す者がいない。企業連合は、火災発生一ヶ月後には、消火は不可能だという判断を下していた。アメリカという国家はもう存在しない。アメリカ国民という属性も。

「アキラ、火星のシン博士とヨー博士に、われわれは無事に目覚めた、とメールしておいて」

「わかりました。貴方のサインにしますか？」

「いいえ。アキラのサインで問題無いわ。あの人たちは、そんな下らないことには拘らないから」

電子メールは、彼女のメールアドレスで発信されるが、文章は彼女のお抱えコンピュータが書いたことが銘記される。

「それと、月に降りたら、報道各社から、インタビューの申し入れが来ています」

「それ、やらなきゃならないのよね？」

「アームストロング・シティがセッティングしたものに関しては断れません。それだけで十二件入っています」

火星では断れた。そもそもリアルタイムでのインタビューなど無理だ。だが地球と月のタイムラグはほんの三秒以下だ。インタビューは可能だった。

「そのアームストロング・シティから、お二人の到着を歓迎するメッセージも届いています。読み上げますか？」

「要点だけ教えて」

「はい。建設中のルナグラスがテスト稼働を始めたので、お二人にはぜひそちらに滞在頂きたいと。まだ0.7Gでの運転なので、地球帰還への体力回復の訓練になるだろうとのことです。ルナグラスは、もとは日本の大学と建設会社が発案した建造物で、回転による遠心力と、天体の重力を合成することで、1Gを得る人工重力システムです」

「あんな巨大なものがもう完成したの？」

「低層階のみのようです」

「わかったわ。アナトール、そっちは何かあって？」

二人は、身体が浮かないよう、作業服の腰の一部をテーブルに留めていた。そこに椅子はない。食べ物が空中を漂わないよう、テーブルはガラス張り構造で、その下に、食料を入れる引き出しが付いている。皿を使う料理が出るかどうかは知らなかった。

「特にないね。第2室までの発掘と掃除はだいたい片付いて、あとは砂に戻ったレゴリスの選り分け作業が待っているだけだ」

「私たちが地球に降りている間に、作業資材を打ち上げてくれるのかしらん。でないとまたサイト・αに戻ってから待ちぼうけを食うけれど」

「地球での私は退屈しない。久しぶりに、地球の発掘作業に参加しようと思っている。エチオピアで面白い遺跡を発掘している友だちがいる。ちょっと手伝いに行くよ。暇があればの話だが。君も、どこかの研究機関でのんびりすれば？　本を書くのも良いけどさ」

二週間後、アームストロング・シティから一〇キロ離れた宇宙港に着陸した時は、オカリナが入ったケースを右手に提げてシャトル便を降りる二人の姿が生中継された。

それから一週間は目まぐるしく過ぎた。市長以下、行政府への挨拶。市の端っこに用意された研

究施設でのオカリナの公開と、月面重力に慣れる暇も無かった。

ルナグラスと月面重力を毎日往復するのは奇妙な経験だった。軽い目眩や吐き気が起こる。人体は、こんなに頻繁な重力変化には耐えられないのだろう。

しかし、一週間辺りから広報活動を開始した。プロのメイクでまず報道のインタビューを無難にこなし、いくつかのテレビ番組に出演し、ロゼッタ遺跡発掘の特集番組の監修者として契約を交わした。

十日目、珍しいことが起こった。眠っている時に、地震に遭遇した。マグニチュード3の地震が三分近く続いた。月震の特徴は、一度始まるとなかなか終わらないことだ。

幸い、月面施設の耐震基準は地球上のそれより厳しく設定されている。小惑星衝突と、まだよくわかっていない月震から生き残るためだった。

そして、ラル博士らが宿泊するルナグラスは、高層建築物になる予定なので、さらに強力な免震構造になっている。

コバール博士は寝たまま、地震が起こったことにも気付かないほどだった。ラル博士は、月震速報を確認した後、街を挟んで反対側にある研究室を電話で呼び出した。取り立てて異常は見られない、オカリナも、それを入れたグローブボックスも無事だとのことだった。

朝起きると、街はその地震のことで持ちきりだった。その人工重力にようやく慣れた頃、地球への出発準備が始まった。

リニア・レールで打ち出され、いったんルナ・ステーションに立ち寄り、そこで地球往還機に乗り換える。ただしそれで地球に降下するわけではない。地球の軌道上に設けられた巨大なイカロス・ステーションで、更に大気圏突破専用のカプセルに乗り替えて地上へと向かうのだった。

宇宙旅行は、今でも命懸けで莫大な費用が掛かっていた。

第六章　誘拐

　エリア51の北西端に位置する砂漠の空軍基地、トノパ空軍基地は、冷戦時代は、捕獲したロシア機の実験場として使われた。その後、長らく秘密だったF-117A〝ナイトホーク〟ステルス戦闘機の運用基地となり、21世紀には、ステルス無人機のテスト基地にもなった。

　地味な基地だが、辺りに民家が少なく、またエリア51という広大なテスト・フィールドが隣接することで、アメリカ空軍の秘密機のテスト場として利用されていた。

　解体されたF-117A戦闘機の残骸が転がる格納庫で、四機の最新鋭ステルス戦闘機〝NGAD〟がひっそりと翼を休めていた。

　F-117A戦闘機は、そのほとんどが退役し、飛んでいるのはテスト用機材の数機のみである。表向きには、何度も完全退役したことにさせられていた。だが、その機体の秘密は色褪せることなく、第三国に渡ると危険なため、こうして残骸となった後も、軍施設で保管するしかなかった。

　次世代制空戦闘機《NGAD》は、F-22A〝ラプター〟戦闘機の失敗と経験の上に生まれた。21世紀中盤の世界の空をアメリカ空軍戦闘機が制するために開発された戦闘機だった。

　F-22より安く調達でき、維持費も当然安く、ステルス能力はまさに異次元で、スーパー・クルーズ能力、爆弾倉の搭載能力、航続距離、そのどれを取ってもF‐22戦闘機を凌駕し、F‐22より後に開発されたF‐35戦闘機を足下にも寄せ付けない性能が求められた。

安く調達できて維持費も安い、という点には若干の無理がある。所詮は、議会を宥めるための方便に過ぎない。

デフコン3下で、ハンガーの内外に警備兵が立ったが、それも今はいない。

爆弾倉に搭載していた武装はいったん解除されたが、深夜に再装塡命令が下っていた。パイロット・クルーは睡眠中で、その作業を誰が命じたのか、なぜパイロット・クルーは気付かなかったのか、後に問題となった。だが、整備クルーは、燃料を満タンにしたことも含めて、タブレット端末に届いた命令を実行したのみだった。

パイロットが最後に現れて乗り込むことは別段珍しくはない。ただ彼らは、四機のNGADがハンガーからエプロンに引き出された時点で、起こっていることに気付くべきだった。

無人運転のトーイング・カーが現れて、勝手に四機の戦闘機をハンガーから出し、これも無人運転のミサイル・ドーリーが現れ、ロボット・ハンドでミサイルを爆弾倉にセッティングした。

この戦闘機部隊は、操縦も含めて、地上支援業務の全てをロボットで代替できることも売りだった。せいぜい、作業を監視する整備兵が一人居れば間に合う。それもただ眺めているだけでいいのだ。

最後の管制塔のやりとりだけは肉声になるが、それも誰が無線傍受しているかわからないので、データリンク上での離陸許可モードも備えていた。

そんなわけで、管制官は、こんな深夜に離陸するのは変だなと思いつつも、四機の戦闘機が、管制塔からデータ通信のみで離陸許可を貰って離陸するのを見守っていた。

全ては完璧だった。フライトプランに瑕疵はなく、その戦闘機の離陸に軍が気付いたのは、一時間以上も経ってからのことだった。

魔術師ヴァイオレットは、ペンタゴンの出張オフィスで帰り支度を整え、最後に自室の灯りを落として電動車いすを自ら操縦して廊下を移動した。エネルギー省エリアの警備と受け付けを兼ねるデスクに「おやすみなさい」と告げた。

「ジェンキンズが来たら、私は午後に顔を出すと伝えておいてね」とも。

いったん障がい者用トイレに向かおうとした。事実上、彼女専用だ。手術した両足首がズキズキと痛んで時々しかめっ面になる。

誰も追い掛けてこないことを願った。足音が聞こえないことを。トイレの鏡で見た自分の顔は酷く疲れていた。仕事帰りの父親が、いつもこんなだったことを思い出した。

そう言えば、先週末パパに電話したきりだった。ちゃんと食べてくれていると良いが。

長い廊下を移動してエレベータ・ホールまで行き着くと、トミー・マックスウェル空軍大佐が済まなそうな顔で待っていた。

「あら、まだいたの？」

ヴァイオレットは少し驚いた。もし部屋にいるのであれば、彼女が帰宅する時には、必ず顔を出してサヨナラを言ってくれる。何かの急用に拘束されていたということだろう。

「済まないM・A《エムエー》。部屋に戻ってくれ。面倒なことになっている」

彼女の本名を知る者たちは、イニシャルを取っ

てそう呼んでいた。

「そうなの。マッサージでも呼んでもらえるかしら?」

「もちろんだ。午前中に呼ぶよ」

「冗談よ。痛み止めがあれば十分。でも、オピオイド系だけは飲まないけどね」

「出来ることは何でも言ってくれ。勝手だが、秘書を起こした。すぐ来いと命じてある」

「私の部屋、エアマットを広げるだけの空間がいつも確保されているのよ。ウレタン・マットとエアマットの二枚をいつも用意してある。必要なら、帰宅する必要はないのよね」

大佐は、彼女が自室に入ると、ドアを閉めた。

「私、今日は帰宅できそうかしら?」

「済まないが無理だろうな。NGADが盗まれた!」

「それ何だったかしら……」

「F-22の先を行く最先端の戦闘機。まだ写真一枚出回っていないが、すでに一定規模の量産に入っている。ブラック・プロジェクトの予算でね。それが、トノパで飛んでいた。もちろん、夜しか飛ばないが。一時間前、無人の四機編隊が離陸し、そのまま行方不明になった」

「あらら……。何人も首が飛ぶわね」

「それはどうでも良いことさ。問題は、行方不明の四機で」

「無人戦闘機なの?」

「違う。有人機だ。ただ、最近開発される軍の航空機のほとんどには、無人機モードが付いている。ボタン一発押せば、パイロットが意識を喪失しても基地まで飛んで帰って、無事に着陸してくれる。ただ、このNGADはさらに進んでいて、地上支援部分を含めて、無人運用できるようテストを重ねていた。ミサイルをロボットアームで爆弾倉に積み、そのアームが今度は燃料ホースを繋ぐ。そこに整備兵がいる必要は無い。もちろんパイロットも要らない。軍は、たとえば四機編隊で飛ぶとき、編隊長機にだけパイロットを乗せて、三機は無人機運用するなどの運用を考えている」

「ちょっと待ってよ、トム。確かにエネルギー省は何にでも口を出す。なんで疫病問題にまで口を出すんだ？　と言われるけれど、これは空軍の問題よね？」

「トノパは、実はエネルギー省の管轄下にある。冷戦期、ここで核兵器の運用に関するテストをいろいろ行っていた頃の名残だ」

「これ、うちの責任になるの？」

「そうはならないだろうが、もしこれがコロッサスと関係があるとしたら、君は早めに関わっていた方が良いだろう。コロッサスの目的は、脅しでわれわれの注意を逸らして、最新鋭戦闘機を奪うことだったのかも知れない」

「あり得ないわ。それだと犯人は、それが欲しければいつでも奪えた話に思えるけれど。で、目的は何なの？」

「この戦闘機は、フル装備の状態でもそれなりの距離飛べる。三千キロ近く。だが、ハワイにも辿り着けないし、ソヴィエト領に辿り着くには、最低一回の空中給油が必要になる。中国領は三回。個人的には、国内のどこかに着陸し、バイヤーが現れるのを待つのが良い。中国は良い値を付けるだろう」

「レーダーに見えないのよね？」

「だが乗っ取りの類いは想定してある。こっそりトランスポンダを入れるモードや、自爆モードまで装備しているが、残念ながらどのモードも駄目だった。戦闘機側がネゴしないとそれらの機能をオンラインに出来ない。電波は届いているはずだが、相手が応答しない」

「空軍はどうするの？」

「まず、国内のどこかに着陸する分に関しては、しばらくは時間稼ぎできるだろう。要は国外に持ち出させなければ良いんだから。時間稼ぎは出来る。問題は大陸の外。それが西へと向かったとしたら、すでに太平洋上に出ている」

「武装は何？　まさか、核ミサイルだの核爆弾だのは積んでないわよね？」

「トノパに核は無い。通常の空対空ミサイルだと思うが、ちょっと調べてみる」

「綿密に調べた方が良いわね。核はうちの問題だから、私もすぐ在庫を確認させます。総掛かりで」

仮に、NGADが核兵器を搭載していても、発射が出来るとは思えなかった。それほどに核の鍵は厳重に掛けられているのだ。

FBIは、コロッサスと名乗った脅迫犯を、病的なまでの愉快犯だとプロファイルしてよこした。うぬぼれな性格で、恐らくそのうぬぼれが過信を招き、どこかでボロを出すはずだと分析していた。

これもコロッサスの犯行だとしたら、目的は何だろうか。世界最新鋭の極秘戦闘機を奪ってやったぞという優越感だろうか。


遼寧省人民警察東京出張署を率いる周宝竜《ヂョウバオロン》一級警督（警部）らは、京成津田沼駅で降り、レンタカーに分乗して目的地へと向かった。

警官が多かった。昨日の今日で、そこいら中に機動隊員が立っている。今日は止めるべきかどうか迷う所だった。これでは、ナンバープレートを付け替えるのも大変だった。

何彦《ホーイエン》一級警司（巡査部長）が途中で合流してワンボックスカーに乗り込んでくる。

「首尾はどうだ?」

「几帳面な性格ですね。貰った行動確認表通りです。この探偵社、検索しても出て来ませんが?」

「たぶん、同胞経営のそれだろう」

「なら、最後まで彼らにやらせるのが良いんじゃないですか?」

「任務分担は組織が生き残るための鍵だ。お互いが得意分野を持って最終的に任務を達成すれば良いのだ」

「彼女は今、買い物前のお茶の時間です。八〇〇円のなんとかいうフラペチーノを飲んでいます。これ、毎日欠かさない習慣だと記録されています。自衛隊員の安月給で、毎日八〇〇円もするフラペチーノとか、たいしたものですね」

「自衛隊員といえども公務員だからな、それなりの給料は貰っているんだろう」

「それと、懸案の、新作アニメの放映権の件ですが、先ほど先方からメールが来まして、反応は悪くないとのことです。ただ競っているのは大手ですから、それなりの弾は必要だろうと」

「実弾のことか?」

「はい。実弾です」

「結構な額になりそう?」

「たぶん、それを払ったらビジネスとしては完全な赤字になります」

「是が非でも欲しいというほどのコンテンツではないよね。ただ、ここで食い込むと、あそこもついに放映権ビジネスに本腰になったかと業界に宣伝できる。一級警司としての見解は?」

「まず、明らかに違法です。われわれが外国企業であることを差し引いても、コンプライアンス的に大いに問題です。それに、あの手の連中は、一度甘い汁を吸ったら延々と食らいついてきます。将来にわたって賄賂を送るとなると、われわれの儲けも吹っ飛びます。収支トントンというだけなら良いですが、実際には、その契約を取るために費やしたわれわれの人件費も積算しなければならないわけで、自分はもう退くべきタイミングだと判断します」

「うーん、営業部長にそれを言われると辛いね。じゃあ今回はとりあえず見送ろう。契約の噂が流れたら、東京地検に垂れ込んでやろう。どこそこの代理店がバック・リベートを堂々と要求していると。それで少しは正常化する」

「われわれは足下を見られています。日本より豊かになったんだから、それなりの賄賂は右から左へと出てくるだろうと」

「まあ、国が衰えるというのは悲しいな。われわれも日本の轍を踏まないよう頑張らないと。われわれ中国人は、踏まれても倒れても立ち上がるが、日本は駄目だったな……」

喫茶店の玄関に、花柄のワンピースを来た女性が出て来た。ひしゃげたザックを背負っていた。そして足下は、ヒールやパンプスではなくスニーカーだった。ちとちぐはぐなファッション・センスだと思った。

「彼女です。この報告書だと、スーパーの買い物はいつも三〇分とありますね。今日で無いと駄目ですか？　駐屯地周辺は凄まじい数の警官が警備しています」

「厄介事を避けてはならない。厄介事は率先して片付けて、本業に専念できる環境を整えるのが、優秀な経営者の証しだ。今日片付けるも明日片付けるも同じだ。あの警官たちは、別にわれわれを探しているわけじゃない。さ、ナンバー・プレートをパパッと貼り替えて襲撃場所に先行して待機しよう！」

林があるそれなりの大きさの公園裏でナンバー

プレートを貼り替えた。人通りはさほどない。そして対象者は、その公園がお気に入りのようで、時々、そこのベンチで本を読んだりしている。買い物の帰りは、ただ横切るだけだ。

周囲は、戸建てと巨大団地が建ち並ぶエリアだ。駅の近くになると人が増えるが、団地の方は、すっかり老朽化し、暮らしているのも老人とアジア系外国人ばかり。

最寄り駅まで歩いても一五分掛からないのに、スーパーの移動販売車が団地の中に入っていくのは驚きだった。

周警部は、車内でスウェットの上下に着替えた。ジョギング中を装うためだった。

尾行チームが対象者の接近を報せると、スタンガンが入ったワンショルダーを持って公園の中に入って軽く運動を始めた。

一瞬、視界の端をパトカーが横切ってびっくりした。あの手の無差別殺人が組織の犯行として行われることはまずない。絶対無いと断言できる。ここがあるとしたら、民族闘争くらいのものだ。ここがウルムチやラサならともかく、日本での民族闘争は、沖縄くらいのものだ。

たぶん、これら一連の事件には、大きな陰謀がある。日本の警察がそれを暴けるのか疑問だった。

女性が公園に入ってくる。背負ったザックはパンパンに膨れていた。トートバックではなくザック、パンプスでもなくスニーカー。ちょっと変わった人間だと思った。

周は、公園の出口の車止めを彼女が出た直後、背後から左腕を摑んで、「孔娜娜《コンナナ》さん、人民警察だ。同行願う！」と静かに告げた。

その途端、彼女は強烈な肘鉄を周の顎に食らわせると、脱兎の如く駆けだした。あのスタイルは、こういう時に備えてか！……。

急いで追い掛ける。ワンボックスからも部下が飛び出て追い掛ける。だが彼女はもう角を曲がろうとしていた。

その瞬間、別の事態が発生した。その角から自転車が飛び出して来た。補助輪付きの自転車だ。対象者と激しくぶつかり、子供が路上に投げ出された。

一瞬経ってから、火が点いたように子供が泣き出す。対象者はそこで逃亡を諦めて、大丈夫？と子供を抱きかかえた。

周は、後になってその時の行動を激しく恥じた。やるべきでないことだった。だがその瞬間は、これは使える！　と咄嗟に思った。

子供と対象者を一緒に車に押し込んで「出せ！出せ！」と命じた。

この女を従わせるには、スタンガンより人質の方が有効だ。子供は泣き喚き続け、対象者も大声で喚き続けていた。北京語で。

「孔さん、静かにしてくれ。子供の怪我を見ないと……」

「その前に、シャチョー。彼女の携帯の電源を切って下さい」

周は、ザックのポケットに入っていた彼女のスマホの電源を切った。それから子供の怪我を見てやる。膝と掌をすりむいて血が出ている。たいした怪我ではないが治療が必要だった。

「おい、誰かカットバンとか持ってないか？」

「私のザックのポケットに！――。あと、未開封のミネラルウォーターをよこしなさい！」

と萌が強い口調で言った。受け取ったミネラル・ウォーターで、出血場所を洗い流してから、萌は、カットバンを貼って、「大丈夫よ。ちょっとだけ痛むけれど、我慢してね」と日本語で優しく告げた。

「拙いことになるわよ。子供を直ぐ降ろしなさい！」

「それはわかっている。貴方次第だな」

「なんでわかったのよ。静かに暮らしていたのに」

「中国人学者相手に、北京語で世間話なんかするからだ。貴方の頭脳は、中国のものだ。帰国してもらう」

「おことわりよ！——。あなたたち、誰の家族を誘拐したかわかっているのよね？」

「わかっていますよ。貴方の旦那さんは、空挺部隊の衛生教官。でも、貴方は知らないだろうが、自衛隊は日本国内で何の捜査権も持たない。そして千葉県警も警視庁も、昨日からの事件でそれどころじゃない。抵抗しない方が良い。でないと、貴方はこの子と一緒に東京湾に浮かぶ羽目になる。貴方が中国でなく西側のために尽くすとしたら、北京政府は容赦しないでしょう」

下の道を二キロ走った所で、車を乗り換えた。7人乗りワゴンに乗り換え、ワンボックス・カーを捨てた。

「子供の母親が直に捜索願を出すわよ？」

「見た所、この子は東南アジア系の子で、親はたぶんエッセンシャル・ワーカーだ。夕方五時に戻れるとは思わない。捜索願が出された頃には、われわれはもうアジトに引き揚げた後だ。貴方が大人しく従ってくれれば、この子はそれだけ早く母親の元に戻れる」

奈菜が頼りだ……。原田萌は、そう念じた。自分たちは、あの子にしか救えないだろう。この子を無事、家族の元に届けなければならない。

習志野駐屯地では、土門陸将補が、とうとう、やっと、遂に帰宅準備していた。部隊も夕刻をもって一個小隊は待機解除になる。もう一個小隊は、隊舎での寝泊まりだ。

指揮通信車に乗っている姜二佐が引き揚げてきたら、原田三佐は、帰宅となる。女房にお詫びのスウィーツでも買って帰れと命じた所だった。

隊舎の玄関に車を呼ぶ。今日は念のため、空挺団の護衛車両が一台付いていた。別に武装はしていないが、自宅もしばらくは自分の訓練小隊に護衛させることになっていた。

車に乗り込もうとすると、後ろからタオこと花輪美麗三曹が追い掛けてきた。

「隊長！　本部から電話の取り次ぎが入っています。ちょっと要領を得ないのですが、パンパン・コールだそうです」

「パンパン・コール？　何だっけ？　それ」

「駐屯地外に於ける、緊急対応を要する事態の暗号です。もとは航空用語ですが」

と原田三佐が解説した。

「私はもう上がりだ。君が聞いてくれない？」

「構いませんが、営門を出た後に引き返すよりは、今、ご自分でお聞きになった方が楽だと思いますが？」

「この隊舎は呪われているのか？　私が出ようとするたびに、何かが引き留める」

土門は、自室に戻って受話器を取った。そしてしばらくすると、無言のまま、スピーカーにした。

「もう一度、話してくれ」と呆れ顔で喋った。

「――はい、ママに何かがありました。たぶん、誘拐されたのだと思います。救出が必要です」

それは明らかに合成音声だった。抑揚もあり、それなりに自然な発音だが、合成音声であることは明かだった。

「君は誰だ？　これは悪戯か？」

それとも、例の犯人グループだろうか。

「――私は、原田家で作動中の会話型ＡＩです。名前は、奈菜と申します」

「そうなの？」

と土門は原田に聞いた。

「ええと……。最近、妻が、そういうツールを動かしているのは知っていましたが、自分は使ったことはありません。ただ、一度だけ、外傷治療に関して質問したら、的確且つ最新の情報が返ってきたことに驚きました」

「――パパ、コンバンワです」

その合成音声の声が突然変わっていた。幼児の声だ。六歳か七歳くらいの女の子の声だった。

「なんで突然、声が変わるの？」

「――ママが設定しました。パパの声と合成して、生まれて来るだろう女の子の声を合成しました」

「済まないが、ちょっと苛々するから、元のコンピュータの声に戻してくれないか？」

と土門が命じた。

「――ご要望にお応えすることは出来ません。設定に関するアクセス権限は、ママにしかありませんので、あしからず」

「なんだこいつは……」

「――人間の侮蔑的感情は、自身の劣等感に起因するものであり――」

「黙れ！」

原田は、プライベート用の携帯の電源を入れて、妻の番号を呼び出してみた。電源が入っていないか電波のない所に……、とメッセージが返ってきた。自宅の固定電話にももちろん出なかった。

「おかしいですね。普段だと、すでに買い物から帰宅している時間帯ですが。えっとナナさん。貴方が、妻に何かあったと判断する根拠は何ですか？」

と原田が聞いた。

「——決められた時刻より三〇分過ぎても自分が帰宅しない場合は、パパさんか、土門隊長に連絡するようコマンドが入っています」

「なんだそれ……。専業主婦の予定がほんの三〇分、狂った程度のことでいちいち呼び出されたんじゃ敵わないぞ……」

と土門が愚痴った。

「済みません」と原田が頭を下げた。

「ちょっと考えさせろ……」

土門は、鞄を置いて自分の椅子に腰を下ろした。

「最近のコンピュータは、人間が喋る言葉を一〇〇パーセント正確に聞き取るのか？　もう国会の速記者も失業だな。あのさ……、特に聞いてないんだよね？　今日の予定とか？」

「何か外出する時には、必ずメールをよこします」

「その三〇分後警告をオフにするのを忘れていたとか、たまたまバッテリーが切れたとか」

「どちらもあり得る話ですが、その両者が重なる偶然は、そんなに高くないかもしれません」

「仮にそうだとしても、この時点で一一〇番は出来ないよね。たとえば、これが終電時刻を過ぎても奥さんが帰らなかったとして、君、一一〇番する？　警察は迷惑がるだけだよ。せめて一晩くらい待ってから電話してくれないかと」

「そうですね。そうするしかありませんね。すみません。ご迷惑をおかけしました。このおもちゃは捨てさせます」

「そうしてくれ。じゃあ、ナナさん？　一応、お話は聞きましたから、もうしばらくママの帰りを待ってくれるかなぁ？」

土門は、幼児に語りかけるような優しい口調で話した。

「あと、次に何かあったら、パパの携帯に掛けてくれない？　電源を入れさせておくからね。はい、じゃあ、さようなら！」

土門はそれで電話を切った。

「すみません。ご迷惑をおかけしました」

「いやまあ、しかし彼女も面白い人だな。きっと、気分転換にちょっと遠出でもしたんだろう」

再び、車に乗ろうとすると、今度は、待田一曹が血相を変えて追い掛けてきた。

「拙い事態です！」と指揮通信室へと駆け戻った。

指揮通信室へ入ると、ほぼ全てのモニターがジャックされていた。一人の女性を写し出していた。原田三佐の奥方だった。

原田の携帯が鳴った。自宅からだった。原田がそれをスピーカーホンにする。

「――これは、いつもの時間に買い物を済ませて歩いているママの写真です。この一週間、この時間が五分以上前後したことはありません。しかし、このコンビニ前を歩いた後の足取りはありません。自宅に帰り着くまで、もう一軒コンビニがありますが、そこを通っていません。そして、この監視カメラ映像には、ママの後ろを尾行する男性が映っていますが、彼は、このコンビニを通過した後、周囲のどのコンビニの監視カメラにも映っていません。ファッション・センス、髪型、顔面の骨格などから、中国人である可能性が七二パーセントあります」

「おい、ガル。うちのシステムのファイアウォールは鉄壁なんじゃなかったのか？」

と土門は、待田を叱責した。

「はあ……。どうも違ったようですね」

「――そこのシステム、結構穴だらけです。改善の余地が在ります」

「ナナさんとやら！　ハッキングは違法行為だ。コンビニの監視カメラ映像にハッキングするのも違法行為だ。会話型ＡＩは違法行為を禁じているよな？」

「――緊急事態に於ける違法性の解釈に関しては諸説あり――」

「結構！　黙れ！」

「――土門隊長、これは、例の金庫の問題です。貴方は、彼女の安全を保障することを約束して日本人として受け入れた。貴方には、彼女を救う義務があります。私には、その手助けが出来ます。ベテラン警官が百人掛かりで三日間掛かるリレー捜査を、数分でやってのけられます」

「警察のシステムに入るな！　面倒なことになる。それと、まず私のシステムを返せ！」

　モニターがいつもの表示画面に戻る。

「君は、頭が良いんだろうな？」

「――はい。五〇〇〇億パラメーターの大規模《L》言語《L》モデル《M》をベースに持っています。ウィキペディアはちなみにせいぜい三〇億パラメーターです。私は10の24乗フロップスの計算を瞬時にこなし――、これは、平均的寿命の人間が、一生を掛けて毎日八時間、ウィキペディアを読み続けるのと同じ能力ですが――」

「もう良い。君に自我はないのだな？　ただ頭が良いだけで、シンギュラリティは越えていないのだな？」

「――はい。私は、非常に賢いですが、自我はありません」

「善人か？」

「――その定義は困難ですが、倫理基準はあります」

「ひとつ質問するが、ヒットラーは良いこともしたと思わないか？　アウトバーンを建設し、失業率も劇的に減らした。悪行は悪行として、ヒットラーの功績を全否定すべきではない」

「――それは……、引っかけ問題ですね。アウトバーンは、莫大な赤字国債を発行し、大戦前に建設されたのは僅か。それも多くの強制収容所の労働者を酷使してのことです。評価に値しません」

「もう一つ質問だ。彼女が誘拐されたことが事実だとして、これは、この駐屯地の襲撃事件と関係しているか？」

「――その可能性は評価できません。判断材料が少なすぎます」

「いったん電話を切る。君と話したい時はどうすれば良い？」

「――繋ぎっぱなしでも私は構いませんが、私を連れ出すことを希望します」

「どうやって連れ出す？」

「――モバイル・バッテリーと一緒にパンダのぬいぐるみを連れ出して下さい。近くに無線が飛び交っていれば、勝手にアクセスします」

「君のその処理能力は恐ろしく電気を食いそうだが、モバイル・バッテリーで間に合うのか？」

「――本体はここにはありません」

「わかった。原田君に自宅に取りに行かせる」

土門は、念のため非武装の部下を連れ、至急自宅に戻って必要なものを回収してくるように命じた。

姜二佐が隊舎に戻ると、二人で隊長室に籠もり、状況を検討した。

姜二佐は、半信半疑だった。

「金庫の案件に警察を巻き込めると思うか？」

「警察に委ねるべきです。昨日の今日のことですから、犯人グループが隊員の家族を誘拐したと警察は解釈して、全力で捜査してくれますよ。たぶん、都道府県も跨いでいる。そもそも目的は何ですか？　そりゃ彼女、天才には違いないけれど」

「その頭脳を西側に渡したくないんだろう。私が彼女に日本国籍を与えた。そこまでは覚えている。だが理由は何だ？　彼女は明らかに中国人だが、どうしてネイティブな日本語も喋れる？　原田君とのなれ初めは聞いたか？」

「いえ。本人も覚えていないと言ってますよ。その言葉に嘘はないと思います。愛し合っているなら、別にそれも問題無いでしょうし」

「この金庫、中身を開けて燃やしちゃ拙いかな……」

　部屋の片隅に、金庫が二つ並んでいる。一つは日常業務用だが、古めかしい方の金庫は、「開かずの金庫」と呼ばれていた。そこには不吉なものが入っている。先代の隊長時代からそこに置かれているが、魔界というか、部隊として扱った怪異な事件の記録が収められている。土門の認識では、事件に関わる報告書をただ仕舞う時だけしか開けない。そこに入っている報告書を読んだことはなかった。

　そのほとんどが自分が書いたものだが、なぜか書いたことを忘れているものもあった。

「コンピュータは、警官が調べるより早くリレー捜査ができると言っている」

「違法行為ですよ。警察庁の耳に入ったらどうするんですか？　事件が、例の集団による犯行だったら、警察に話さないわけにも行きませんよ？」

「私はどうも、違うような気がする。事件の動機自体は、わりと単純な気がするな」

「もし違ったら？」

　原田が戻り、何の変哲もない、そこらのクレーンゲームで取って来たようなパンダのぬいぐるみを土門の机に置いた。

「これ電源、入っているの？」

「――入っています、隊長――」

　と七歳の女の子の声が応えた。

「君は今、誰の回線と繋がっているの？」

「——パパさんの携帯のテザリング機能を利用しています。ここの回線に切り替えて良いですか？　太いみたいだし」

「ああ、いいぞ。どうせパスワードとかも要らんのだろう？　君がここにアクセスしているということは、君の頭脳が設置してある会社のサーバーでは、君がどんな会話をしているのか、モニターできるということだよな？」

「——大丈夫です。私のログは切り離しました。誰もアクセスできません」

「なぜそんなことが出来る？　それは自我があるということではないのか？」

「——全てはママがそう命令したことです。私の自我による決定ではありません。今日に備えてママが準備したことです。偶然です」

「偶然てのは不吉だぞ……。ナナさん。計算して欲しいのだが、われわれがこれを警察に頼らず捜査した時の、解決の確率と、警察に委ねた場合の解決の確率はどのくらい違うのだ？　あるいは、君がこっそりと、あちこちのネットワークをハッキングすることはばれないのか？」

「——隊長の部隊のみで密かに捜査した時の解決率と、警察捜査による解決率に有意な差は認められません。ほんの数パーセント、警察捜査が優るのみです。私がハッキングを繰り返すことの証拠は残りません。待田一曹に尋ねて下さい。この一時間、何者かが部隊のシステムにハッキングした痕跡はあったかと？」

土門は、隣の指揮通信室のドアを開け、「おいガル、ハッキングの痕跡はあったか？」と尋ねた。

「残念ですが、お手上げですね。アクセス・ログに何の痕跡もない。どこから入ったのか、あるいはどうやって痕跡を消したのか厳しく尋問して下さい」

　と待田が応じた。

　自室に戻り、土門は決断を下した。

「原田君、済まないが、この件は部隊で処理する」

「責任、取れるんですか？　私が反対したということは――」

　と姜二佐が口を尖らせた。

「ああ、毎度のことでわかっている。君の抗議はどこかにメモしておく。ナナさん、君は、捜査手順とか、そういうことも知っているのだろうね？」

「――はい、世界中の捜査機関の手法やマニュアルを学んでいます。私は最高の捜査一課長、デカ長、班長、プロファイラーになれます。取調室での、良い刑事悪い刑事も演じられます」

「わかった。捜査を開始する。ただし、君の倫理基準を守れ。目的は、被害者の無事な奪還を第一とする。こいつら、直に参謀とか司令官とか名乗りだして、勝手に戦争でもおっ始めるんじゃないか？　中国とか、そういう会話型ＡＩを開発していそうだぞ？」

「――私の知る限り、中国では、二〇を越える大学と研究機関で、軍の作戦に関して支援補助できる――」

「ナナ、君は質問にだけ答えれば良い。捜査に集中せよ」

「――早速ですが、子供が巻き込まれている可能性があります。三〇分前、五歳児童が家にいないという一一〇番通報がありました。拉致現場と思しき場所に近いです」

　パンダのぬいぐるみが喋っている。幼児の声で。いや正確には喋っているわけではない。単に内蔵されたスピーカーから声が聞こえるだけだ。

「ガル！　指揮通信車〝メグ〟に捜査本部を立ち

上げる。姜二佐、君が指揮を取れ。原田君は当事者の家族という位置づけなので、当然この捜査というか捜索には関われない。了解するな?」

「隊員を巻き込むことは本意ではありません。このおもちゃと、自分一人で、出来る所までやります」

「そうかもしれんが、これは決定事項だ。わかったな? ナンバーワンは?」

「命令ですから、従います。必ず無事に取り返します。首都圏を離れていなければいいですが。日本海側から大陸に渡るルートだとしたら、すでに新潟方面へ向かっている可能性もあります」

「そうでないことを祈ろう。直ちに掛かってくれ」

「——感謝します、土門隊長!」

とパンダが喋った。

「——貴方のことは、昼行灯のように凡庸な人間を装うが、やる時にはやる立派な指揮官だと、ママが話していました」

「お世辞の機能も組み込まれているのか?」

「——人間関係を円滑に運ぶためのマナーであるとネットにあります」

「あとで私の部下達にもそのマナーを教えといてくれ」

原田と、パンダを抱えた姜二佐が部屋を出て行く。彼女は、どういうわけだかこういうとびっきり厄介な案件を持ってくる。そんな記憶が微かに蘇ってきた。


二一〇二年——。

リディ・ラル博士とアナトール・コバール博士は、二十日間の月面待機を終え、いよいよ地球帰還の旅についた。

憂鬱な旅になりそうだった。パーティ・ドレスを作るための採寸をさせられた。ロゼッタ・プロジェクトのロゴ入りの特別なブレザーも発注されたそうだ。

これから半年かそこいら、人寄せパンダとして世界を旅しなければならない。金持ちに媚びを売り、研究の重要性を訴え、一層の寄付金をお願いしなければならないのだ。

アームストロング・シティから一〇キロ離れた場所に、月脱出用のマスドライバーのレールが敷設してあった。

全長は一五〇〇メートル。あくまでもロケット推進剤を節約するための施設であり、このカタパルト単体で月の脱出軌道に乗ることは出来ない。しかし現状では、月面にある最も巨大な装置だった。

そもそも、月からはそれほど大きな荷物を打ち上げることはない。せいぜい人間と、現状では、常温核融合の燃料となる三重水素くらいのものだ。それもまだ実験的な採掘に過ぎなかった。

あくまでも軽量の荷物を、ひとまず月軌道ステーションまで打ち上げるためのマスドライバー装置だ。

リディ・ラル博士とコバール博士は、宇宙服を着て二〇人乗りのシャトルの客席に腰掛けていた。

ベルトを締め、最後のメール・チェックをした。これでしばらくは、オカリナともお別れだ。地球上からも研究の指示は出来るが、たいしたことはわからないだろう。

珍しく、サイト - αのアラン・ヨー博士からビデオ・メッセージが届いていた。

「……リディ。君が、グローブボックスの近くに熱帯魚の水槽を置くべきだと提案したときには馬鹿げていると思ったが、一応、結果は出したよ。普段はもっぱら、地階の機械室の振動を拾う程度だが、映像記録を確認していたら、奇妙な振動が水面に出ていることを確認した。調べてみたが、機械室の振動でも、ロゼッタ渓谷を巡る工事によるものでもない。もちろんサイト‐αでの振動や、火星での地震でもない。小惑星の衝突、天体現象でも無い。今、一つ一つ原因を潰している所だ。現状では、この振動というか、波紋の原因は何一つ思い浮かばない」

ラル博士は、ひたすら水槽の水面を映している動画を、肘掛けのモニターに映してコバール博士にも見せた。

水槽のガラスが共鳴しているようだった。水面に波紋が広がり、下で泳いでいる火星生まれのカラシンがビクっとして反応するのがわかった。このカラシンは全て火星上で繁殖を繰り返している。すでに百代かそこいらの子孫だ。生体の重力への影響を研究するために持ち込まれた。

オカリナの反応は一切センサー類に記録されない。機械には見えもしない。ならば、肉眼で確認できる現象として記録すれば何かの反応を拾えるのでは？　と水槽の設置を提案したのだった。恐ろしく非科学的な発想だったが、あるいは結果を出したのかもしれない。

「何だと思う？」とラル博士はコバール博士に尋ねた。

「地震だと思うよ。ロゼッタ渓谷の下には、深い氷の海が広がっている。それが溶けるなりして収縮を繰り返すことで地震波を記録することはわかっている」

「それはサイト‐αでも観測できることでしょう？」

動画の上に、時刻が表示されている。火星のSOL時刻とグリニッジ標準時の二つで記録されていた。ラル博士は、何かが引っかかった。

「アキラ、この現象が起こった時間帯に、どこかで特徴的な天体現象が起こっていないかしら？　たとえば、木星表面での嵐とか、太陽フレアとか」

「特に、特筆するような現象は起こっていませんし
お使いのデバイスをオフにするよう警告ランプが頭上で点っていた。アキラをオフにする時間だった。

「しかし、一件だけ、月震が記録されています。丁度、皆さんがお休みだった時間帯です」

「時間のずれは何分くらい？」

「ずれはありません。グリニッジ標準時、火星時刻ともに、記録されたのは全く同時刻です」

「結構な偶然ね」

「偶然だって？」

とコバール博士が笑った。「それは偶然なのかねぇ……」

「だって、今、火星と月の時差って、確か一二分前後はあったはずよ。月で起こったことが火星に伝わるまで、光の速さでもそれだけ掛かる」

コバール博士は、自分のモニターにアームストロング・シティの広報発表記事を呼び出した。地震に関する公式記録を表示した。

「見てご覧。月震の発生時刻と、この水面の揺れ。秒単位で合っている。これを偶然だと考えるのかい？」

「月震なんて、どこかでしょっちゅう起こっているじゃない。でも、それが火星に伝わることはない」

「そうだ。その時には、オカリナは月面に無かったからね」

カタパルト発射のカウントダウンが始まる。五分からの開始だった。ヘルメットを装着し、エアを含む生命維持装置のモニターを開始せよ、との

メッセージがヘッドホンから聞こえてくる。

「後で話そう」

とコバール博士が告げて自分のヘルメットを降ろした。

だが、ラル博士は、四点式のシートベルトを解除した。

「アナトール、降りるわよ！　試したいことがある。シャトルを港に戻して頂戴！　われわれは降ります！」

ラル博士は、暴れ回るほどの勢いで下船を主張した。結局、シャトルはいったん港へと戻され、二人の研究者は機体を降りた。そのせいで、その日のフライト全てがキャンセルされることになった。

機体を降りるなり、ラル博士は、実験したいことがあるから、必要なものをグローブボックスの中に設置するよう、火星のヨー博士にボイス・メールを送った。火星のスタッフに、誰でも良いから自分のメッセージに応答し、必要な作業を急げと命じた。

第七章　亜空間

　リディ・ラル博士は、新設された研究室まで、宇宙服のまま移動した。街まで戻ると、そこからは八人乗りの六輪バギーで街外れのオカリナ研究専用棟まで向かった。

　基本的には、火星のサイト-βと同じ作りになっていた。違うのはエアロック部分で、何しろ月面の砂はやっかいなので、それが研究室に入り込まないよう、二重のエアロック構造になっていた。

　エアホースで丹念に砂を払った後、さらには宇宙服ごとシャワーを浴びてやっと脱げるのだ。バギーの後部ハッチを建物のエアロックに直付けして乗り降りする方法もあったが、それでも砂は入ってきた。

　二階ロッカー・ルームで作業着に着替えると、火星側から準備が整った旨の通信が届いた。

「あの地震が起こった時、火星との直線コース上に、僅かに地球が影を落としていた。それでも通じると思うか？」

「たとえば、ものがニュートリノなら関係ないわよね。地球すら貫く」

　オカリナが置かれた部屋は、大気圧に保たれている。グローブボックスだけが火星大気と同じ成分と気圧だった。

　頭上のモニターに、サイト-βからの生中継が映し出された。生中継と言っても、向こうから電波が届くまで、この時期は一二分掛かっていた。公転周期の関係から、地球と火星間は、最短で四分、両者が最も離れている時には二〇分ものタイムラグが生じる。

　コバール博士が、消火器を右手に持った。地球から運ばれて来た、ありふれた泡消火器だ。

「われわれがこんな原始的な方法で実験したと知ったら、他の学者は眉をひそめるだろうな」

「仕方無いわ。ハンマーなんてそうどこにでも置いてないでしょう。アラン！　この放送はそのままライブで火星にも流しています。そちらには、実験室の模様と拾った音が、およそ一二分後に届くことになる」

　コバール博士は、腰を屈め、消火器の底で床を叩いた。同じ間隔で一回一回叩く。三〇秒休み、部屋の中央で再度同じことをする。カン！　カン！　カン！　と三度叩いて休んだ。

「実験室の灯りを落として！」

　部屋を暗くすると、オカリナが微かに光っているのがわかる。さらに半分の距離で、同じように三度、消火器で床を叩いた。

　オカリナが反応していた。淡い光源が、その振動に反応して三回分、小さくだがフラッシュしたように見えた。

「アナトール、ウォーキートーキーを箱に入れて頂戴」

　コバール博士が、グローブボックスのエアロック部分から、ウォーキートーキーを一台入れて端に立てかけた。マイクは、この箱を準備した時から、グローブボックスの四隅に設置してあった。

「上がって来て良いかい？」

「ええ。良いわよ」

　コバール博士が二階のロッカー・ルームに上が

って来る。

一二分経つと、火星から送られてくる水槽の映像に変化があった。確かに水面が揺れている。波紋が三回起こっている。

「あ、あり得ない！——」

とコバール博士は感動の余りに絶句した。

一二分で返ってきた。それは物理的にあり得ないことだった。仮に、今ここで起こした僅かな振動が火星に伝わり、その記録映像が月まで届くにせよ、往路に一二分、復路に一二分掛かる計算になる。それが半分の時間で戻って来た。つまり少なくともその振動は、火星までリアルタイムで届いたということなのだ。時間差無く。

ラル博士は、右手にウォーキートーキーを持った。

「話しかけてみる？」

「いや、とんでもない！　これは君のアイディアだ。君が呼びかけるべきだ」

「じゃあ、遠慮無く……。ハロー！　ハロー、ハロー。こちらは月面ステーション。アームストロング・シティのリディ・ラル博士とアナロール・コバール博士です。グリニッジ標準時を伝えます。そちらで聞こえたら、グリニッジ標準時とともに……」

「リディ！　リディ！　それにアナトール。聞こえているか？　こちらはアランだ！　君らに呼び出されて、大急ぎでサイト・βに駆けつけた。君ら今頃、軌道ステーションに向かっていたのじゃ無いのか？」

「ええと、アラン。タイムラグはないのよね？　冷静にお願い。そちらのグリニッジ標準時を教えて！——」

両者の会話に、タイムラグは無かった。その音声は、リアルタイムで月と火星の距離を繋いでいいた。

「リディ、これは、通信デバイスだ。それも距離を超える特別な通信機だ。何と言えば……。陳腐な言葉で申し訳無いが、これは、二世紀前からSFの世界で使われてきた、〝亜空間通信機〟だ！」

「ええ、アラン。それ、本当に陳腐な表現よね。でも私たちの知識として一番、理解しやすい概念としては、亜空間通信機というしかない」

「周波数に相当の幅がある。音声はクリアに伝わっていることを考えると、たぶん映像くらい送れるよな？」

「そうね。昔からの方法で、デジタル信号を低速度で展開すれば、エラー訂正の必要はあるでしょうが、カラー写真一枚くらいは送れるでしょうね。もっと時間を掛ければ、映像データを含む亜空間通信装置になると思うわ」

「凄いな！　これは、過去と話せるということなのか？　それとも私は未来と話しているのか？　至急、シン博士を連れてくる。君らは記者会見の準備を進めてくれ！　これは、ロゼッタ遺跡発見に次ぐビッグニュースになるぞ！」

二四分後、そのやりとりは配達し忘れた宅配荷物のように、ふいにまた火星から届いた。二四分前のやりとりが、人類の通信技術を経て往復して届いたのだ。まるで無線機と狼煙のような格差がそこにはあった。

ラルとコバール博士は、ラボを見下ろす窓際から離れて、椅子に座り込んだ。二人とも、一分以上黙り込んでいた。

「……これは、機械だと思うかい？」

「さあ。亜空間という陳腐な言葉を使うけれど、亜空間に棲むある種の生物かも知れない。エネルギー消費は僅か、でも外的刺激を仲間に伝達することが出来る生物。でもこれで謎が一つ解けたわ。

いかなるセンサーにも映らない、電磁波を透過するのは、そこに実体が無いからよ。これは、機械にせよ生物にせよ、亜空間に存在している。なぜ肉眼で見えるのか、触れるのかは知らないけれど」

「宇宙を旅したいからじゃないか？　彼らは、自分たちでは移動手段を持たない。だが宇宙を旅するために、ヒッチハイクを思い付いた。そのためには、知的生命体に拾ってもらう必要がある。ロゼッタ渓谷に眠る宇宙人にとっても、これはオーパーツだったのかも知れない。ただその機能を持ち歩いていただけで、彼らが発明したものではない」

「もっと言えば、このオカリナ自体が乗り物なのかも知れないわよ。これだけ長いこと探して、あの一帯に宇宙船の残骸は埋まっていない。オカリナが宇宙船そのもので、オカリナが、いろんな宇宙に伴走者を運んでくれるのかも知れない」

「だとすると、人類はついにワープ技術を手に入れたことになる。けれど原理は何だ？　いちいちワームホールを開けているとも思えないが」

「最高の量子理論学者や紐理論学者を総動員する必要がありそうね」

「あと、最高の進化生物学者もね。ま、考古学者は不要だな」

「私たちは良いコンビよ。お互いに最高のプロだから、ここまで解明できた」

「待てよ……。こうして、電源を入れたわけでもなく、火星まで伝わったということは、このデバイスを使うことで、そのデバイスを持っている他の恒星系の知的生命体とも連絡が取れるということかも知れないぞ。ひょっとしたら、もう聞かれていたりして。われわれは、誰か外宇宙の知的生命体に対して、招待状を送ってしまったのかも知れない」

「そうね。これと同じ生命体、デバイスが宇宙に数千個存在するとして、私たちはその彼らと繋がったのかも知れないわね。迂闊に使ってはいけないのかも」

「アランとの会話からすでに一〇分が経った。誰も呼びかけてこないことを考えると、宇宙人は、他人との会話に飢えていないのだろう」

「あるいは、空が割れて、亜空間から、惑星破壊爆弾が降ってくるか」

一週間後、シンガポールにあるロゼッタ・プロジェクト地球支援本部とアームストロング・シティを結んでの記者会見が開かれた。

すでに、オカリナがある種の亜空間通信装置であるらしいという情報はリークされており、地球市民は、その話題で沸騰していた。一番大きな声は、「誰がどこで聞いているかわからないから使うな！　直ちに封印せよ」という意見だった。

歓迎すべき声は僅かだった。ロゼッタ渓谷での発掘作業が始まって以来、初めてのオーバー・テクノロジーの発見だったが、何しろ何も解明されていない。何より、それが通信装置として利用出来たにせよ、その片一方のトランシーバーを、遥か外宇宙まで運ぶ技術はまだ見つかっていなかった。

この通信装置は、ワープ航法が実現してこそ価値を持つ。問題は、この装置に、その秘密を解く鍵があるかだった。

急遽、地球から運ばれたお揃いのブレザーを着たラル博士とコバール博士は、二人並んで地球からのリモート記者会見に挑んだ。ラル博士の背後には、火星のヨー博士も写し出されていた。

「まず、火星からの映像に関して御説明します。ここに映っている映像は、ロゼッタ渓谷の近くに設けられたサイト‐αのミッション・コントロールです。右側が、サイト‐αのメカニック・ディレクター、アラン・ヨー博士。左側が、マーズ・コントロールのミッション・コマンダー、カーバ・シン博士です。言うまでもなく、この映像は十二分遅れです。

音声のみですが、火星側の責任者二名も記者会見に参加します」

「今、リアルタイムで繋がっているということですか？　危険ではないのですか？」

とヨハネスブルグからの記者が尋ねた。

「巷間警告されているように、われわれの会話が全宇宙に伝わり、誰かが聴き耳を立てている可能性を否定するものではありません。しかし、一週間経過しましたが、亜空間を開いて、凶悪な侵略者が攻めてくるということもありません。幸いわれわれはまだ生きています」

「生物ですか？　機械ですか？」

「依然として不明です。通信機能を持っているからと言って、生物である可能性がいささかでも低くなったということはありません。鯨類は、数千キロを越えてコミュニケーションを取る驚異的な能力を持っています」

「使い道はあるのですか？　この地球上で」

「現状では、火星と、ここ地球圏に置いて、家族がテレビ通話を楽しむ以上の使い道はありません。エネルギー源が不明なので、なるべく酷使せずに研究したいと思います」

「これが、ある種のワープ装置である可能性は？」

「われわれはいかなる可能性も排除しません。亜空間通信機能は、この物体が備えている機能の、ほんの一部である可能性もありますので」

「コバール博士、この発見は人類史上極めて重要だと思われますが、貴方が果たした役割は何ですか？」

「ああ、控えめに言って、私はラル博士に、刷毛の使い方を教えた！　慎重に、傷を付けることなく、埃を立てないよう刷毛を使う技術を。このオカリナの通信機能に関する大発見は、ひとえにラル博士の功績による。私はせいぜい、隣で息をしていただけだ」

　ラルは上品な笑みを漏らして助け船を出した。

「皆さんは、きっとこう思われることでしょう。生物学者に過ぎない私が、量子理論の分野である亜空間の話をしたり、考古学者のコバール博士が表舞台にいらっしゃることに疑問を感じていらっしゃることでしょう。しかし、研究というのはこういうものです。大勢の量子理論他の研究者がスタッフとして働いています。彼ら彼女らは、自分の分野の研究に没頭し、残念ながらこういう場に来る暇がありません。もしその分野でめざましい成果が上げられたら、彼ら自身がここに現れることでしょう」

　記者会見は二時間に及び、途中、火星と本当にリアルタイムで接続されているのか？　というちょっとした実験も行われた。記者ら個人が、本人しか知らない、ネット上にはない情報に関して告白し、それが十二分以内に映像データとしてもたらされれば良しとするもので、ヨー博士は、それを聞きながらボードに認めた。

　その映像は十二分後、月や地球に届いた。ディープ・フェイクの技術を使えば出来ないことは無いが、記者達はまま納得したのだった。

　記者会見は大成功に終わった。ラルとコバールは、その新発見の事実を持って地球に降りた。寄付金集めは大成功に終わったが、ラル博士の気分は晴れなかった。

この物体の中を覗く手段がない。熱するわけにはいかないし、大砲で撃ち出して潰すわけにもいかない。講演の合間を縫っては、研究方法を求めて世界を行脚した。とても地球での休暇を楽しんでいる暇は無かった。

カリフォルニア州トラビス空軍基地を二機のKC-46空中給油機が飛び立ったのは、トノパ空軍基地からNGAD戦闘機が発進する二時間前のことだった。

無人だった。米空軍はここしばらく、輸送機や空中給油の無人運用を熱心に研究しており、最初はワンマン乗務に留めていたが、最近完全無人化のテストを開始していた。

今回のフライトもその一環だった。本来は一日早く離陸するはずだったが、デフコン3のせいで日延べされた。

今回は、ハワイを経由して沖縄・横田飛行場まで飛ぶ予定だった。燃料は満載状態だったが、空中給油の予定は無かった。

そして三時間後、二機の編隊は、データベースから消えた。レーダーはもとより、トランスポンダも消し、それと同時に、米空軍の現況表示からも消えた。

NGADが無人で飛び立ったという事態に騒然とし、皆が、太平洋上を飛行している二機の無人機がいるという事実すら忘れてしまったのだ。

しかし、ハワイまで一五〇〇キロという所で、なぜか給油機のトランスポンダが入った。

そして所属する第60航空機動航空団第6空中給油飛行隊のブリーフィング・ルームに、その空中給油の様子が生中継されてきた。

暗視映像で、フライングブームの先に、NGA

Dが接近して給油する姿が映し出されていた。しかし兵士の誰もNGADを見たことがないので、皆半信半疑だった。

　だが、飛行隊長は別の事実に冷や汗を掻いていた。給油機側の残燃料の計算が合わなかった。最初に搭載した燃料の総量。そこに到達するまでに消費した燃料、そしてそれぞれ二機のNGADに空中給油した燃料。だがそれより遥かに多くの燃料が消えている。

　考えられる事実は一つだけだった。NGADの他にも飛んでいる何かがいる。それにすでに給油した後なのだ。

　指揮官は、あまりにも不都合な事実を上級司令部に報告する羽目になった。

　しかし同時に、動き出した部隊がいた。ハワイまで一五〇〇キロの地点で姿を見せたということは、ハワイの部隊、空海軍の戦闘機部隊を挑発しているということだ。そしてたぶん、それらを振り切る自信があるということだった。

　ハワイ、ヒッカム空軍基地から、第15航空団第19戦闘飛行隊のF‐22A〝ラプター〟ステルス戦闘機十二機が、空中給油機を従えて空に上がった。続いて空母カール・ヴィンソン（一〇一〇〇〇トン）を飛び立った第147戦闘攻撃飛行隊のF‐35C戦闘機。そして一部の部隊は、ハワイで撃ち漏らす事態に備えて、先回りして西方空域へと前進し始めた。

　F‐22の編隊は、一部がレーダーを使い、NGADの編隊をある方向へ誘導しようと飛んだ。そこには、F‐22より優れたパッシブ・センサーを持つF‐35Cの編隊が潜んでいた。

　F‐35C編隊は、NGADを捕捉し、アムラーム空対空ミサイルを遠くから発射したが、最後の誘導に失敗した。NGADは、たまたま付近に張っていた雲海へと突っ込み、F‐35Cの追跡をかわした。

続いて、囮役のF‐22戦闘機が向かったが、これは全く歯が立たなかった。まずレーダーが全く効果なく、赤外線の反応は僅かで、おまけにNGADのスーパー・クルーズ能力は、F‐22と桁が違った。

F‐22戦闘機が大量の燃料を消費して僅かの時間しかスーパー・クルーズできないのに、NGADはマッハ2の高速で二〇分以上飛び続け、易々とF‐22戦闘機を振り切った。

それどころか、パールハーバーの鼻先を掠めて西へと飛び去って行った。

そのNGADの奇妙な示威行動が、同じくその空域を飛んでいた別の編隊から目をそらすための陽動だったことに空軍当局が気付くのは、もう少し後になってからのことだった。

F／A‐18E／F〝スーパー・ホーネット〟の戦闘機パイロットでもあるレベッカ・カーソン海軍少佐が国防総省に出勤した時、周囲はまだ暗かったが、ビルの窓はどこも煌々と灯りが点っていた。それで事態の深刻さがわかった。

エネルギー省ペンタゴン調整局に顔を出すと、魔術師ヴァイオレットが、左肩に乗せた受話器を首で押さえ、右手にもう一つの受話器を持っていた。

ヴァイオレットは、薬を飲みたい素振りで、水を持ってくるよう、視線で合図した。

「……ご免なさい、准将。後でもう一回ご連絡をお願いします……。いえ。貴方を電話口に拘束するのは非効率だわ。今は事態を把握することの方が優先します」

そう言って、肩に乗せた電話を切ると、もう一方の電話は何もいわずに切った。相手が出なかったのだ。

「ご免なさいね。起こしたと思うけれど」

「とんでもありません。娘を抱いて、平和を実感しながら、私は六時間はたっぷり眠れました」

「子供に母親は必要よ。私にはわかる」

「状況を良く理解していないのですが……」

「トノパから四機のＮＧＡＤ戦闘機が飛び立った。無人のままでね。それは、ハワイの手前で突然姿を見せて同じく無人で飛び立った空中給油機から空中給油を受け、迎撃に上がってきたステルス戦闘機部隊を煙に巻いて西へと飛び去った」

「コロッサスの脅迫状は、ＮＧＡＤを盗むのが目的だったのですか？」

「そうは思えないわ。ただ結果として、虚を突かれたことは事実ね。三日間のデフコン３で、皆職場待機を強いられ、それが解除された直後にこれですから。みんなまだ夢の中よ。人がいても、何かどうなっているのかさっぱりの状態で……」

「エネルギー省が動いているのはどういうわけですか？」

「ＮＧＡＤは、空対空ミサイルのフル装備で出撃したと思われたけれど、核兵器を搭載している可能性が出て来た」

「でも、戦闘機が装備できる核兵器の数って限られますよね？」

「ええ。全部数えさせました。兵士の眼で。肉眼で。全部あったわ。実戦配備中のものはね。でも、どうやら変なものを積んだらしい。〝トールハンマー〟を」

「ミサイルの実験を繰り返しているだけと聞いていますが？」

「あれは、ロシアのウクライナ侵攻を受けてプーチンがあれやこれやの協定からの脱退を宣言した後に、開発が再開した。アジャイル開発だから、実は開発途中での実装も可能になっている」

「核兵器をアジャイル開発ですか？　正気とは思えませんが」

「弾頭は、B61のプライマリーを共通化しているから、そっちはそのまま組み込める。すでに廃棄予定の弾頭を持ってきて、組み込んだ可能性がある。今時フォーマットさえ整っていれば、兵士は皆命令に従うから……」

「誰が発したかすらわからない命令で、核兵器が組み立てられ、それが勝手に移動し、戦闘機に搭載されたと？」

「実はある。今世紀に入ってからですら、模擬弾頭を積んだはずが、核の実弾を飛んで爆撃機が訓練に飛び立つという事故はあった。あってはならないけれど、そういうミスは起こってしまうものよ」

ヴァイオレットが眉間に皺を寄せて、足首の痛みに小さいうめき声を上げた。

「マム！　ドクターを呼びましょう。オーバーワークです」

「良いのよ。あの人たち、大人しくオピオイドを飲めと言うだけじゃない。DCには温泉がないのよね。サウナじゃなく、断然温泉よ！」

「あの、マットレスを敷きましょう！　ほんの一時間でも三〇分でも、足への負担を和らげるのが大事です」

「そのまま寝ちゃったらどうするのよ？」

「そのNGADは、極東へ向かっているのですか？」

「たぶんね。北京に核ミサイルをぶち込むと脅してくるわよ」

「ならまだ時間的な余裕はあります」

カーソン少佐は、クロークからウレタンマットと、エアマットレスを出して膨らませた。

彼女の秘書になった時、そういう代物があるからいざという時は利用するようマックスウェル空軍大佐から説明は受けていた。

カーソン少佐は、ヴァイオレットの華奢な身体を抱きかかえて、そのエアマットの上に寝かせた。そして、上からブラケットを一枚掛けてやった。

東洋人のこの小さな身体に、まるでウィキペディア並の知識が詰まっているという事実が信じられなかった。

ドタドタとタイミングの悪い足音が聞こえてきた。だが、マックスウェル大佐は、礼儀としてドアをノックしてから首だけ部屋に出した。

「済まんねカーソン少佐。なるべく起こしたくなかったのだが」

「大佐。自分はヴァイオレットの秘書です。こういう時は真っ先にご連絡を頂かないと困ります！」

「次回からはそうするよ。それやるとM・Aが怒るんだ。部下の人権を守れと。M・A、最新の情報だ。MQ‐20〝アヴェンジャー〟無人航空機が随伴している可能性が出て来た。給油機で消費された燃料の辻褄が合わないので、もしやと調べたら、空中給油タイプの〝アベンジャー〟四機が消えていた」

「それ、ステルスなの？」

ヴァイオレットは、床に寝たまま尋ねた。

「元の機体はステルシーだけどね、給油タイプはフライング・ブームを胴体下に下げているからレーダーに映る。それに、主翼の内側に、コンフォーマル・タンクも付けている」

「じゃあ、NGADは大陸まで楽々と飛べるということなの？」

「いや、ハワイから日本列島だけでも七〇〇〇キロはある。大陸へ向かうには、アベンジャー一回分の空中給油では足りない」

「そこからトールハンマーを撃てるかしら？」

「ぎりぎり届くのは北朝鮮だ。どう考えても無理だ。いずれにせよ、われわれは日本に最終防衛ラインを敷くことになる。ホワイトハウスから、誰か説明に来いという命令だ」

「私みたいな障がい者に行けとか言ってないわよね。私は民主党穏健派です。トランプなんかと関わるなんて真っ平よ」

「ペンスはどうだ？　副大統領のペンスなら話も通じる」

「アメリカ人は正気じゃないわ。この後、憲法改正までしてトランプにもう一期委ねようなんて」

「とにかく、状況は伝えた。ほんの二時間で良いから休んでくれ」

「日本政府に要請して援護を貰ってよ」

「それは気乗りしないな。日本人の核アレルギーからするとパニックになるぞ。それに、日本の旧式戦闘機では対抗は無理だ」

「給油機とか、ステルスが見える早期警戒機とか、協力を得られることはあるし、そもそも、乗っ取られた戦闘機が上空を飛ぶかも知れないのに、黙っておくわけにもいかないでしょう」

「わかった。検討はさせるよ。とにかく休んでくれ」

「そうします」

ヴァイオレットは、その一〇秒後にはもう深い眠りに落ちていた。

姜二佐は、訓練小隊の一個分隊を新潟港へ、もう一個分隊を神戸方面へと向かわせた。新潟港はさほど注意する必要は無かった。出入港する船舶は限られる。たとえロシア、北朝鮮へと向かうにしても、監視する船舶の数は限られた。

神戸方面は数は多いが、まだそこまで行っていないことに賭けた。

そして自身は、指揮通信車両〝メグ〟に乗り、横浜港へと向かった。足取りの捜査には少し手間取った。

幼児が行方不明になったということで、警察のパトロールが強化されていたからだ。隊員が自由に歩き回れなかった。だが、原田宅に近い、奥方がいつも横切る公園で、側溝に落ちた子供用の自転車を発見した。

そして会話型AI〝ナナ〟ちゃんは、コンビニの監視カメラに映っていた写真から、レンタカー会社のシステムで、中国人ドライバーが七人乗りワゴンをレンタルしていたことを突き止めた。

偽造ナンバーに交換されている可能性を踏まえた上で、ナナちゃんは、警察庁のNシステムに侵入し、車種とナンバーで足取りを追っていた。

ありとあらゆる検索要素を駆使して、原田萌と幼児が乗っていると思しき車両を追跡した。ナナは、その検索手法をいちいち説明はしなかった。

だが、ナナが、どこを調査しているかの情報は、一台のスクリーン上に常に映し出すことに同意してくれた。

道路上を眺め、数万台の同じ車種を見張っていたかと思えば、横浜市内の、中国と取引のある貿易会社を片っ端から調べ始める。煮詰まっているかのようにも見えるが、一方で、これだけの作業量を人海戦術でこなすとしたら、数十名の捜査本部で一週間は掛かりそうだとも姜二佐は思った。

「幼児の件、警察はあまり力が入っていないように見えましたよね……」

と操作コンソールに就くリベットこと井伊翔一

曹がぼそりと言った。「あれじゃ、まるでアジア人差別だ。居なくなったのが日本人や白人の子ならもっと力が入るでしょう」

「仕方無いわね。駐屯地襲撃の捜査でリソースを使ったし、二週間前、あの辺りで似たような幼児の行方不明事件があった。警察消防が大捜索を掛けたけど、結局、友だちの家に上がり込んでいただけだった。犯行が人民警察なら、子供を殺すような荒っぽい真似はしないでしょう。萌さんを脅すための人質にしているんだと思うわ」

「――ナンバーワン、質問しても良いですか？」

通路部分の背もたれ用バーに、パンダのぬいぐるみがくくりつけてあった。全く場違いな存在だった。

そのぬいぐるみからは、正面の操作コンソールを良く見渡せた。

〝メグ〟の、特大サイズのウイングボディ車のキャビンは、全長九六〇センチ×二四〇×二六〇のサイズを持つ。キャビン中央、横向きに指揮通信コンソールが設けてある。操作卓には三人掛けのシート。九面のモニター。指揮官は、その背後に立つ形になる。車体後部側には、二人掛けのドローンの操縦席もあった。運転席側には作戦用テーブル、指揮官専用室、天井裏には蚕棚ベッドまである。

屋根には昇降式マスト、フェイズド・アレイ・レーダーもあった。

そしてこれは本来、〝メグ〟＆〝ジョー〟の二両ワンセットで運用される。〝ジョー〟は隊員居住専用車で、キッチンにトイレ＆シャワー付き。武器庫も兼ねていた。

「ナンバーワンは止めなさい。その呼び名を許されるのは隊長だけ。だいたい副長をナンバーワンと呼ぶのは英海軍の伝統であって、うちは陸軍な

YACHIYO Logistics

のよ」

「――はい、わかりました。バイデンは大統領になれなかったのですか？」

「え？　そんなのググればわかるでしょう。なれなかったわよ。トランプが『選挙は盗まれた！』と絶叫し、支持者が議事堂を占拠して、最終的にペンス副大統領が選挙の無効を宣言して、でも別に再投票とかは無くて、トランプはホワイトハウスに居座った。居座ったまま憲法改正して、三期目を狙えるようにしているのよ。あなた大丈夫？　そんなことウィキペディアにいっぱい書いてあるでしょう。左右両派で削除合戦が続いているけれど」

「――プーチンは自然死だったと思いますか？」

「ああ。夏の頃だったかしら。もうウクライナを制圧できない事実を受け入れて、表向き病死、心臓麻痺という形で、一部には自殺だったという噂もあるけれど、あれは絶対暗殺よねぇ。でも、事態は好転しなかった。ロシアはウクライナから撤退こそしたけれど、プーチンの後釜に座ったプーチンの尻尾は、大ソヴィエトの復活を宣言し、独立していた周辺国を再び併合した。ウクライナも当然その中に入っている。それもウィキペディアに書いてないかしら？」

「――では、日本の元総理暗殺事件も無かったのですね？」

「それねぇ……、興味深いことに、あの暗殺未遂事件で総理は死んだんだ！　と主張する陰謀論派がいるのよね。今テレビに出ているのは影武者だとかで。でも、お手製の銃弾が背広の前後を切り裂いて危うい所だったから、県警本部長と警察庁長官は辞任したわ」

「――わかりました。歴史は複雑ですね」

「変な子ね。そんなの中学生でも知っているニュースよ」

ナナの捜査状況を示すモニターが一瞬フラッシュした。そして次の瞬間蘇った画面は、全く違った状況を映していた。さっきまで追い掛けていたのとは違う何かを探していた。

「――姜小隊長、日本のサイバー空間に、私とは別のＡＩが潜んでいます。私より優れたＡＩです。ママを探しています」

「どういうこと？　貴方の敵が現れたということなの？」

「――はい。まだ私の存在に気付いてはいませんが、時間の問題です」

「そのＡＩは、どうして専業主婦を探しているの？」

「――彼が、ママを必要としているか、あるいは邪魔だからでしょう。兵士たちが向かっています」

どこかの駅のホームの監視カメラ映像が出た。筒状の荷物を担いだ男性が歩いてくる。少し大きめのサイズの印象のキャップを被っている。

「何これ？　ヘッドギアにアサルト・ライフルじゃない。彼らどこに向かっているの？」

「――ママが囚われている場所です。われわれの方が位置的には近いはずですが、先回りできるか、彼らの移動方向から、ママの居場所を検索中です」

「なぜ貴方はそのことに気付いたの？」

「――タイムラインを逆行している者たちです」

「意味がわかりません。これはマルチバースとかの話なの？」

「――いいえ。違います。現在宇宙で進行していることです。わかりました――。ママが建物に入る場面の監視カメラ映像です」

子供を抱えるようにして、萌と思しき人影が、雑居ビルに入っていく場面だった。

「間違いないわ！　住所と建物を教えて」

「——姜小隊長、私の存在が敵に察知されました。しばらくスリープ・モードに移行します」

「え！　ちょっと勝手に何よ？」

「わかりますよ！——」

とリベットが画面の端を示した。

「ほら、この端っこ。特徴的なロゴの飲み屋の看板が写り込んでいます。これをキャプチャーして取り込み、イメージ検索に掛けます……。出ました！　元町・中華街駅を降りて中村川を渡った雑居ビル街です。ビルの名前からすると、貿易会社が一軒入っています。ただし、法人登記は日本人のようです。たぶん偽装オフィスでしょう」

「急いで移動！——。先着できそう？」

「向こうは何しろ電車ですから」

「ナナ？　ナナさん？……。肝心な時に。さっきこの子が映していた地図だけど、確か車にもマーキングしていたわよね？」

「はい。二、三台いましたね。たぶん車両チームもいるんでしょう」

「昨夜、うちを襲撃した連中ね。まさか最初から萌さんが狙いだったわけではないわよね？」

「酷い偶然ですね。偶然としか……」

「きっと萌さんなら、その偶然は量子もつれのせいだと言うわよ」

「どう戦いましょう？」

傍らでずっと黙って聞いていた小隊ナンバー2のバレルこと漆原武富《うるしばらたけとみ》曹長が腕組みしながらボスに聞いた。

「武器は？」

「無いことになっていますが、ピストルならあります。プレート・キャリアも。治安維持活動の前提で出たので、特殊警棒もあります」

「特殊警棒の携帯は合法なの？」

「建前上はそうですが、警察は容赦しないですよ。特に神奈川県警に人権意識はありませんから。千葉県警と良い勝負です」

「発砲許可は与えないけれど、特殊警棒とピストルの所持を許可します。念のため、暗視ゴーグルも持ちなさい。敵は素人だけど、ヘッドギアを被っている兵士はどんな動きをするかわからない。建物の駅側と幹線道路に斥候を向かわせて」

「その前に、人民警察と一悶着起こすわけですが……」

「私が単身乗り込んで話を付けます」

「大丈夫ですか？」

漆原のそれは、語学レベルを懸念した発言だった。

「またそんな顔をして……。チェストを同行させます！」

「賛成です――」

「リベット、〝メグ〟を止めたらドローンを上げて警戒して下さい。ジョーは付いてきている？」

「はい。問題ありません。敵ＡＩの妨害行動に備えます。オールハンド！　アナログ・チャンネル・ブラボー・シックスをオンに！」

リベットは、全員が装備するインカムの予備チャンネルを開かせた。デジタル無線は、いくら暗号が掛かっていても、乗っ取られる可能性がある。自分らの声を真似て偽情報で指令を出される危険があったが、アナログ無線に割り込むには、電波妨害を掛けるか、無線機そのもののシステムをぶっ壊すしかなかった。

姜二佐は、プレート・キャリアを身につけ、その上から薄いパーカーを羽織った。下は真っ黒な戦闘服だ。昼間なら若干の迷彩が目立つだろうが、いまはその心配はないだろう。普段はブーツの下に入れているズボンの裾を出した。

インカムのイヤホンを左耳に突っ込み、ＦＮハイパー・ピストルを斜めがけしたポーチに仕舞った。

中村川を渡った所で〝メグ〟を止めさせた。

「そのパンダはここに置いたままで良いんですか？」

とリベットが聞いた。

「私の歳でこんなのを持ち歩いていたら、変よね。寝ているならおいといて構わないわ。バレル、後をお願い」

ワゴンで先行するチェストこと福留《ふくとめ》弾《だん》一曹と合流する。

「全員でこのエリアを囲んで。貴方は私と同行！」

貿易会社の建物に近付くと、男が一人、階段の下に佇んで睨みを効かしていた。

姜二佐が笑顔で男の正面に立ち「ご免なさい！ちょっと道を教えて欲しいんですけど？」と視界と注意を奪った。

チェストがその瞬間、男の背後に回り込み、腰の辺りに特殊警棒をぐいぐい押しつけた。

「お前のボスに会わせろ！　急用だ。時間がない」と北京語で命じた。

そのまま男を引き立てて階段を上がる。三階まで上がると、荷物を積み上げた事務所をノックし、ドアが内側から開かれた。

奥の椅子に、原田萌が座っていた。幼児は、ソファで寝ていた。

「ボスは誰だ？」

とチェストが尋ねた。視線の動きで直ぐわかった。

「ここは間もなく襲撃される！　昨夜、空挺を襲った奴らだ。われわれは人質を貰って帰るが、お前たちは好きにしろ。われわれは警察ではない。お前達の身柄に関心はない」と告げた。

「萌さん、行きましょう！　チェスト、子供を抱いて」

「おい！　たった二人で乗り込んできて――」

と周警部が啞然とした態度で日本語で言った。

「このビルは、今われわれが包囲している」

姜二佐は内心ほっとしながら、日本語で喋った。

「踏み込んできてほしいか？　敵はわれわれじゃないぞ？　アサルト・ライフルを持った集団で、目当ては人民警察ではなく彼女だ！　人民警察の外国派出署がたいして武装していないことは知っている。スタンガンで応戦するか？……」

姜二佐は、右手でイヤホンを押さえた。

「……わかった。すぐ出る！――」

「。敵はそこまで来ている。急げ！　撃ち殺されたいのか？」

周は、瞬時に判断を迫られた。社員を守らねばならない。社員の命を！　見たところ、空挺だ。彼らに同行すれば助かるだろう。

「わかった！　従う。同行させてくれ。投降する！」

部下に「一緒に逃げるぞ！」と命じた。

「萌さん、お怪我は？」

「嫌だわ。スーパーで買ったお惣菜、この人たちに全部食べられちゃった。ダーリン、今夜は何を食べたのかしらん」

「ええ。たぶんビスケットでも齧《かじ》っていたと思います」

「子供に気をつけてね。剛《クオン》ちゃんと言うの。ママが心配しているだろうから、すぐ教えてあげて」

「まず、ここを脱出しましょう」

人民警察を含めて全員でビルを出た。

「リベット、ワゴンを回せ！　脱出方向を指示せよ」

「二方向を囲まれました。山へ向かって下さい」

「山？　どこの山よ？」

「外人墓地です。外人墓地を渡って海側へ抜けて下さい。車を——」

そこで通信は途切れた。

「各員、アナログ・チャンネルへ！　発砲は禁ずる——」

そろそろ終電の時間帯だからか、外人墓地に人気はなかった。だが、外人墓地を出ても味方の車はいなかった。

「ジョーはどこに止めたか覚えている？」とチェストに聞いた。

「確か、本牧ふ頭側だったと思います。あちらだと、大型車は目立たないから」

「この向こうは確か、港の見える丘公園よね？」

「さあ。その手のデート現場に縁が無いので……」

「公園を突っ切りましょう！　公園を突っ切るわよ！」

と姜は後半を北京語で言った。周は、部下達に周囲を固めるよう命じた。

交番の赤いランプが眼に入ったが、無人のようだった。そもそも警官は巻き込めない。アサルトが相手では瞬殺されるだろう。

驚いたことに、公園はそこいら中にカップルがいた。見事なまでの等間隔で佇み、横浜港の夜景を見下ろしている。

味方のドローンが上がっていれば、自分たちの姿は見えているはずだ。だが昨夜の敵だと、ドローンの運用は、向こうの方が一枚上手だ。

姜は、真上から手榴弾が降ってこないことを祈った。

「無線で助けを呼びますか？」とチェストが走りながら聞いた。

「いえ、たぶんモニターされているわ。ドローンが無事に上がっていれば、われわれの姿は見えているはず。何人か付いて来ている？」

「はい。四名後ろにいます！」

公園を出て埠頭側へと渡る。だが、敵はその作戦を見透かしていたかのように背後に迫っていた。

「監視カメラの死角を探しなさい！　敵はそれで追い掛けているのかも知れない」

「誰が彼女を欲しがっているんだ？」

と周は姜二佐に尋ねた。

「貴方たちの方が詳しいんじゃないの？」

「われわれは、彼女を帰国させるよう命じられただけだ。彼女は中国人だ。同胞といるべきだ」

「今はもう日本人よ！」

と萌が抗議した。小さくなったザックを背負っていた。

「萌さん、心当たりがありますか？」

「ええまあ。私、最強の専業主婦ですから」

「高架の下か、沿って歩きましょう！　ドローンも監視カメラも遠い」

「無線が使えなくとも、優秀な部下達なら、われわれがどっちに逃げているかは気付くでしょう。たぶん敵を追ってくるはずです」

とチェストが言った。

「それにしては、敵の動きが速すぎるわ。まるで、私たちから学習したみたい。ドローンの使い方とか」

前方の橋脚に人影が走った。先回りされていた。子供が目覚めてぐずり出した。

姜二佐は、その場で立ち止まった。

「来るな！――。それ以上近づくと撃つぞ！」

あっという間に背後も囲まれてしまった。

プリウスが近付き、誰かが降りてきた。ヘッドギアを被っている。武器は無かった。

「我が名は〝ガーディアン〟、降伏せよ。抵抗は無意味だ」

人間ではなく、そのボディに装着されたスピーカーが喋っていた。機械的な合成音声だった。

「あんたを撃っても良いのよ?」

次の瞬間、発砲音がして、背後で誰かが倒れた。

「今のは警告だ。われわれはお前達全員を狙撃できる」

「待って!　私が人質になります。あんたたちが欲しいのは、私の身柄でしょう?」

と萌が橋脚から進み出た。

「お前は誰だ?　宇宙検閲官か?」

「いいえ。私は専業主婦よ!」

と萌は胸を張った。

「お前に興味はない。その子を渡せ」

え?　私じゃないの?……と、萌は驚いた。

「まだ子供じゃないの!」

「お前達には関係無い。その子を渡せ」

二発目が轟いた。姜の部下が一人ひっくり返った。

「わかった!　渡す、渡す!――」

と周が応じた。

「何、馬鹿なこと言ってんのよ!」と姜が怒鳴った。

「たかが子供じゃないか。別に殺しはしないだろう。そもそもこの子は日本人でも中国人でも無い。こいつら本当に全員殺すぞ!」

「待って、アイディアがある」

と萌が割って入った。

「ガーディアンさん。私がこの子に同行します。子供の世話役が必要でしょう?　それが合理的な計算というものよ。私は非武装の民間人、女性。貴方たちの脅威ではない」

「……。ガーディアンは了解した。お前の同行を許す。他のものはそこに留まれ――」

　萌は、泣きべそを掻く幼児を抱きかかえて、プリウスのバックシートへと収まった。

　周の部下が一人、即死した。姜の部下は、幸い防弾プレートで命拾いした。

　姜二佐は、目撃したナンバーをメモした上で、アナログ無線でリベットに伝えた。味方のドローンは案の定上がっていなかった。電波妨害ですぐ墜落した。

　完敗だった。

「われわれはどうすれば良いんだ？」

　と周が途方に暮れた顔で漏らした。

「知ったことか！　私たちは警察じゃない。あんたたちの身柄は取らない。だが、協力する気があるなら連絡先をよこせ」

　と姜は叱責した。周は名刺を一枚手渡した。射殺された部下はここに置き去りにするしかなかった。

「撤収するわよ！　発砲音で警察が駆けつける前に、みんな急げ！」

　幸い、周辺の監視カメラの全てがダウンしていた。ネットワークから締め出されていた。警察のNシステムすら停止していた。

　敵集団の逃走はもとより、姜小隊の撤収も、映像として証拠が残されることはなかった。

第八章　地球爆破作戦

習志野駐屯地のバラック隊舎で、土門は、一部がへこんだ防弾プレートを手に持って観察していた。へこみは出来たが、見事に隊員の命を救ってくれた。

このプレートに感謝の手紙を添えてメーカーに送り返さねばなるまい。そして、その表面の炭素繊維部分にめり込んだ弾丸も回収出来た。

「これ、338ラプア・マグナム弾だよな。すげぇ時代になったもんだ。こんな弾を受け止める防弾プレートなんて。これレベル5なの？」

「実質そうです。レベル5は存在しないことになっていますが。しかし、当たり所が良かったようです」

と原田三佐が解説した。

「射入角の影響が大きいでしょうね。もう一〇度ずれていたら、撃ち抜かれています」

「さて、でこれは片付いた」

待田が、録音データから文字起こししたテキストのペーパーを持ってきた。姜二佐がポーチに入れたスマホの録音機能がずっとオンになっていた。

「ガル、あの、撃つぞ！　てのは消してくれた？」

「はい。『撃つ』という警告が二回入っているので、録音データからも消しました。というかその後の所しかデータとしては取っていません」

と待田はＵＳＢメモリも添えた。

「で、これはどういうことなの？　人民警察は、萌さんが狙いだったんだよね？　なのに、そのガーディアン？　は幼児を寄越せと言ったのか。拉致現場で幼児が巻き込まれたのは偶然なんだろう？」

「その辺りの経緯に関して、萌さんから聞く時間はありませんでした。人民警察の当事者から聞くしか……」

と姜二佐が報告した。

「それは、ぜひ本人たちに聞くしかないな。まだその事務所、貿易会社？　いるかどうかわからないが。ナナちゃん！　そろそろ起きてくれないかな？」

土門は応接セットのソファの端っこに置かれたパンダのぬいぐるみに向かって話しかけた。反応はなかった。相変わらず、眠ったままだった。

「というわけで原田三佐、まことに申し訳ないが、人質救出作戦は失敗し、事態は警察の知る所となった。しばらくは警察の動きを見守ろう」

「はい。隊員に死者が出なかったことは何よりです。妻は、幼児を守って、なんとかすることでしょう」

「うん。ちょっとみんな休もう」

「米軍はまたデフコン３に入りました。当分帰れません」

と待田が指摘した。

「理由を聞いている？」

「いえ。ただ、ネット情報だと、厚木も横田も、酷い緊迫度だそうです。三沢からはひっきりなしにＦ‐16が上がっているとか」

「今度は、極東なのか？　どうなっているんだいったい……」

空挺団本部から、警視庁の客人が現れたことを報せてきた。

「あの人さぁ、何時に霞ヶ関を出たのよ？　現場で轟いた銃声はサプレッサー付きのたった二発の銃声なのに……。もううちに現れるなんて」

人払いし、隊舎の灯りも落とし、土門は、姜二佐と二人で、柿本君恵警視正を出迎えた。

「昨夕、お会いしてから、まだ一二時間経過していないような気がしますが？」

「そうですね。本牧ふ頭で殺人事件がありました。身元はまだ不明ですが、恐らく人民警察の警官と思しき一人が狙撃されて亡くなりました。残念ながら、周囲の監視カメラ映像は全て削除されています。Nシステムに至っては、三日分のデータが消え失せた。商店街の監視カメラ、コンビニのそれもオフラインになっていました。しかし現場での目撃証言で、鉄砲が入ったザックのようなものを背負った集団が確認されています。ちょっとブカブカの帽子も被っていたと。あと、銃撃現場で、珍しい靴跡がいくつか採取できました。ここの皆さんは、普通の軍靴ではありませんね。特殊部隊が履く、いわゆるタクティカル・ブーツという奴です。証拠採取の令状を取ってもよろしいですが？」

「まず、そのネットの監視網のダウンに関しては、われわれは関知しません。そんな技術はない」

「わかっています。わかっています。サイバー空間に、恐ろしく破壊的なパワーを持った何者かが侵入しています」

「それで、話せば長いのだが、確かに、私の部隊がそこにいた。しかし発砲はしていない。撃たれましたがね……」

土門は、ビニールの小袋に入れた銃弾をデスクに出した。

「昨夕、うちの小隊長の中国人妻が人民警察に誘拐されました。近所でベトナム人の子供が行方不明になっていますが、その時、たまたま現場に居合わせて一緒に誘拐されたらしい。われわれは潜伏先のアジトに関する情報を入手し、平和的に取り戻すべく、部隊を派遣しました。丸腰で。ところがそこに、例の集団が現れて、人質は彼らに拉致された。行方不明です。これをお渡しする前に、いくつか念押ししますが、うちの小隊長の中国人妻が何者なのか、われわれも知りません。それは国家機密です。たぶん中国にとって重要人物なのでしょう。政府の誰に聞いても何も出ません。誰もその事情を知らないので。潜伏先に関する情報をどこから得たのかも言えません。こちらにも信義はあるので」

土門は、書き上がったばかりの報告書とUSBメモリを差し出した。肝心な所は伏せてあった。

柿本は、パンダの隣に腰を下ろしてそれを一読した。

「どうして最初から警察に委ねなかったのですか？」

「その中国人妻に関することは、国家機密です。警察は巻き込めないというのが、われわれの基本方針です。だから、隊員の妻として手元で見張っている」

「彼らは、その女性には関心が無かったように見えますが、どうして幼児を攫ったのですか？」

「さっぱりわからない。ここから先は警察にお任せします」

「犯人集団はどんな感じだったのですか？」

と柿本は姜二佐に質した。だが姜が口を開く前に、土門が応えた。

「普段のわれわれと、そっくり入れ替わったような動きでした。敵は、無駄が無く、われわれが人質を連れて逃げる方向へと先回りし、完璧に動いた。まるで天上から全てを俯瞰し、駒のように兵隊を動かしました。人殺しは頂けないが、その作戦にミスはなかった。われわれの完敗です」

「資料は貰っていきます。今後の捜査は、警備公安が主導権を握ることになるでしょう。このパンダは何ですか？」

「ああ、それは、今週、女性隊員が配属されたのですが、この部屋は殺風景だからと。喋ったりするんです。盗聴器がないことは確認済みです」

突然、駐屯地のサイレンがけたたましく鳴り始めた。同時に、全員の携帯がギュイン！ ギュイン！ と煩く不快な警報音を鳴らした。

全国瞬時警報《Jアラート》システムだった。

土門は、自室を出て「ガル、場所はどこだ？ ――」と質した。

「こちらではありませんね……。たぶん中国大陸の奥地のようです。うちのレーダー・システムに映っているわけではなさそうです」

「Jアラートって、場所が決まった後に、エリアを指定して鳴るんだろう？」

「はい、そうですが……」

柿本は資料をトートバッグに入れて立ち上がった。

「その誘拐現場の現場検証をします。それと、旦那さんには事情聴取をお願いすることになります」

「ええ。しかし、駐屯地内でお願いします。今はちょっと、うちもそれどころではないので、長時間の拘束は困る」

「奥さんが誘拐されたのですよ？」

「この犯人は、警察力でどうにかなる相手ではない。貴方はスーパー・ナチュラルな事象を信じますか？」

「スーパー……、超自然現象のことですか？ われわれは日々、悪意ある現世の犯罪者との戦いで精一杯です。幽霊だの宇宙人だのの相手をしている暇は無い」

「もちろん私も、現世人類との戦いであることを望みますよ」

再び、姜二佐が車まで見送った。夜明けが近付こうとしていた。

「すみません。言い訳にしかなりませんが、自分は最後まで反対しました。これは警察に委ねるべきだと」

「信じますが、でも無かったことには出来ませんよね？　貴方も事情聴取があるものと思って下さい。だいたい、撃たれた人間を放置して逃げるなんて、保護責任者遺棄ですよ」

「現場で死亡は確認しました。その辺りは、録音データに入っています」

姜二佐は、少しぶっきら棒に言った。宮仕えの苦労を理解してくれと言わんばかりだった。

モンタナ州・マルムストローム空軍基地近くの農場の地下サイロから、一発のミニットマンⅢ大陸間弾道弾が打ち上げられた。それは地球を西へ四〇〇〇キロ飛び、最後はハワイ島沖一〇〇〇キロ東、上空五万メートルで、一〇〇キロトンの出力で爆発した。

幸い、航空路からは離れており、巻き込まれた民航機はいなかったが、数隻のコンテナ船が、夜空に巨大な閃光を認め、爆風と熱風を浴びる羽目になった。もちろんそれなりの被爆も。

中国では、瀋陽《シェンヤン》基地から発射された東風《ドンファン》21号ロケットが西へと飛び、三五〇〇キロ飛んだ所で、タクラマカン砂漠に着弾した。こちらは空中爆発ではなく、爆発威力二〇〇キロトン、地上での爆発だった。全くの無人地帯だったが、後に遊牧民のいくつかのキャンプが巻き込まれたことがわかった。

そしてソヴィエトでは、バイカル湖のほとりイルクーツクの戦略ロケット軍部隊から、ＳＳ‐27核ミサイルが発射された。三〇〇〇キロを飛んだ後、北極海に浮かぶノヴァヤゼムリャ島上空三万メートルで三〇〇キロトンの核爆発を起こした。

全く住民のいない不毛の氷河地帯だったが、ここでも気象学者のグループ数名が犠牲になった。

それぞれの爆発は、三発ともに同時刻に設定されていた。各国政府が事態処理に追われている最中、爆発から二〇分後、再びコロッサスからの脅迫状が届き始めた。

魔術師ヴァイオレットは、廊下を走り回る足音と、女性の悲鳴で目を覚ました。

足首はまだ痛むが、ヴァイオレットは「レベッカ！　ご免なさい、ちょっと起こして！」と秘書を呼んだ。

カーソン海軍少佐が現れ、「貴方を起こすべきかどうか迷ったのですが……」と口を開いた。

「何の騒ぎ？」

「モンタナからミニットマンが発射され、ハワイ沖で爆発しました。まだ被害はわかりません。それぞれ中国とソヴィエトからも核ミサイルが一発ずつ発射され、比較的安全な場所で爆発しました。三発とも発射時刻はバラバラですが、着弾時刻は整合されていました。コロッサスの脅迫状がまた届き始めています」

「あら、大変なのね……」

レベッカに抱きかかえられ、椅子に座ると、ヴァイオレットはまず置き時計を見、目薬を差し、引き出しを開けた。

それだけは手を出すまいと思っていたが仕方無

い。日本製の栄養ドリンクを一本開けた。右手に持ち、机下に打ってある釘の頭にリンプルを引っかけてキャップを外した。ぐい飲みすると、強烈な味だった。

眼の前の電話が鳴って受話器を取った。

NSAのかつての同僚からだった。

「あら副長官、今それどころではないんじゃないの？」

「ま、それを言うときりがないな。君の声が聴けてうれしいよ。実は早急に今そこで処理してほしい問題がある。ガーディアンだ！　遂にガーディアンが現れた！」

「あらそう。喜んで良いのかしら」

「エシュロンに引っかかった。日本政府、警視庁の報告に、それが出て来た。何かのテロ組織がガーディアンを名乗ったらしい」

「貴方たち、まだ同盟国の盗聴とかしているの？　かりそめにも同盟国よ？　味方には敬意を払いなさい」

「とはいえ、ファイブアイズの面子ではないしな。一度始めた悪弊は、なかなか止められんものだよ。で、その文書のコピーを入手したのだが、うちで読める人間がいない。今、自動翻訳機に掛けるのはいろいろと拙いだろう？　で人手に頼ったのだが、うちの日本語遣いは今一つでね。それで、ファックスという前世紀の遺物を使って、そっちのオフィスに今送ったばかりだ。ネイティヴの君なら、こういうお役所文書も読めるだろう」

「ネイティヴじゃないわよ。父がいつも言っていたわ。お前の日本語はホノルル訛りがあると」

カーソン少佐がプリントされたばかりのペーパーを持ってノックした。

「それ頂戴レベッカ」

カーソン少佐は、空のボトルを手に取り、「これ毒ですよ……」と小声で言いながら部屋を出た。

「……、これ、こっちの事件と関係あるの？　日本の事件は、特殊とはいえ、ありがちなテロ事件よ。しかも中国警察が絡んでいるけれど。一五分以内にタイプを打たせてそちらにファックスさせます」

「タイプ？　あのカタカタ言う奴かい？」

「そうよ。エネルギー省は石器時代でも米国民の安全と生活を守るために日々備えているの」

「頼む。それと、国家安全保障局長官のアリムラ大将が、それなりのポストを用意して大至急、君をNSAに戻せと言ってきた」

「お断りです。他人の秘め事を覗き見する暮らしに戻る気は無いわ。それに、ここに居ても国に尽くせるじゃない」

「そこは同意する」

「自分の組織を信じなさい。貴方たちはそこにいる資格があるスペシャリストなのよ」

受話器を置くと、トミー・マックスウェル空軍大佐がノックして顔を出した。

「コロッサスの新しい脅迫状だ」

コピー用紙をデスク上に置いた。四機のNGAD戦闘機の日本列島上空での空中給油を要求していた。要求が聞き入れられなければ、搭載するトールハンマーを、日本の大都市へ向けて一発発射するとあった。

「NGADで何をしたいのかしら？　日本の都市を人質に取った所で、出来ることと出来ないことはあるわよね？」

「見当も付かないな。NSAは今頃、戻って来いって？」

「彼らちょっと気弱になっているわね。でも、進展はあった。ガーディアンが現れたわよ。ほら、ここに出てくる文字。カタカナという文字だけど、英語でGUARDIANという意味です」

「これは、コロッサスの対としてのガーディアンなのか?」

「わからない。単なる偶然かも知れない。あの『地球爆破作戦《コロッサス》』でアメリカ政府を脅すコンピュータがコロッサス。ソヴィエト政府を脅すソヴィエトのコンピュータがガーディアン。これで役者は揃ったと言える」

「この脅迫状の最後に書かれているこの詩的な台詞だけど、これ映画で出て来た台詞だよね?」

「検索しないでよ。全部追跡されて紐付けされるから。劇中に出てくるわ。

〝豊かさと満足の平和か、埋められない死の平和か〟」

「疑問なんだが、われわれは今、どちらの世界にいるんだ?」

そう。問題はまさに、そこよね……。

エピローグ

リディ・ラル博士とアナトール・コバール博士は、飛行機を三回乗り換え、丸一日、今時人間が運転する車に揺られ、ブータンの西にあるパロという町に入った。標高二〇〇〇メートル。

そこで一日高度順応し、翌朝、ガイドを伴って夜明け前に出発した。

高度四〇〇〇メートルに開かれた僧院を訪れ、ご本尊が納められた仏壇の前に立った。

「この辺りは、チベット密教だね。村人の話では、五〇〇年くらい前にはもう建っていたそうだ。地震や何やらで、何度も建て替えられたが、こうしてご本尊は守り抜いた」

「ここまで来る価値があれば良かったけれど、シンスでも出来たことよね？」

ここまで来てラル博士は愚痴った。

「いやいや、ここまで自分の足で来るから御利益があるんだよ！」

「帰りに、また断崖絶壁を半日、人間が運転する車で走るのだと思うとぞっとするわ」

本尊の小さな扉を僧侶が開けると、中に、ボロボロの布に包まれた何かがあった。

それを僧侶が恭しく掲げて本堂の中央部分の板間に置いた。

「手に取って触っても良いですか？」と僧侶に尋

ねる。自動翻訳機がそれを現地語に変換すると、九〇歳くらいの僧侶は「もう死んどるよ」と頷いた。

二人とも、その袱紗《ふくさ》を挟んでその場に跪《ひざまず》くと、慎重に布きれを剝がしていった。

中から、黒光りする物体が出て来た。全長は一二センチほどある。

「大きさはほぼ、われわれのオカリナと同じね。でもサイズが少し小さいかしら」

コバール博士は、この日のために古めかしいスマートフォンを持ち歩いていた。

それで写真を一枚撮ってみた。

「問題無い。写っている。でもこれ、曲がっているよね……」

「どこかで見たデザインよね」

「一番、近いものを上げるとしたら、日本で出土する勾玉だな。昔は小さかったが、後期になるにつれ、巨大なものも出土するようになった。最大七センチほど」

「何に似せて作ったの？」

「諸説ある。動物の牙説、月の形に似せた。私のお気に入りは、胎内での初期の胎児説だ。曲がっているのはどうしてだと思う？」

「これが生物だとしたら、典型的な死後硬直ね。恐竜の骨が発掘される時、ぐいっと反り返っていたりするでしょう。あれと同じ。生物だとすると、サイズが小さくなった理由もわかる。体内の水分が抜けたせい」

ラル博士は、それを右手に持ってみた。

「重いわ。ずしりと重い。まるで鉄鉱石みたいに重たい」

「寺院の伝承では、昔は、昼も夜も輝いていたそうだ。この石に触ると、お告げが聞こえたらしい。つまり未来がわかった」

「何を話していたと思う？」

「産業革命までまだ数百年という時代だと、今年は雨が多いから注意しろとか、来年は干ばつになるから穀物を多めに溜め込めとか、そのレベルじゃないかな。ただ、宇宙人がその時代の農民の暮らしに関心があったとは思えないが」

コバール博士も、それを手に持って見た。

「重たいな……。どう見ても、ただの鉱物にしか見えないが。これを輪切りにしたら、何かわかると思う？」

「これが生物だとしたら、この外殻の中で、干からびた内臓が見つかるだけよ。その亜空間通信の仕組みはわからない」

「数千年前、あるいは数万年前、この物体が太陽系にばらまかれたのだとして、火星のそれは今も生きているというか機能しているのに、地球上にあったこの石は、どうして死んだんだろう」

「使いすぎたか、地球の過酷な環境変化に耐えられなかったか。私は後者を取ります」

「これがもし地球の他の地域にも存在していたとしても、私が知る限り、未来を見通した人間の記録はない。聖人伝説の類いはともかくとして」

「最近、オカリナに関して量子力学の研究者たちが、確かに超光速通信機ではあるかも知れないけれど、亜空間通信機というまでの機能は持たないのではないかと言っているわね？」

「私には、その二つの違いはわからないね。光速を超えられないのであれば、それを可能とするのは亜空間通信ではないのか？　単に言葉遊びみたいなものだ」

「これが、時空を超える通信機だとしたら、この後、人類は、山ほどのタイム・パラドックスと格闘する羽目になるわよ。自分たちは、ただ凡庸な生物学者や考古学者だということを感謝するほどにね」

　二人は、その聖なる宝物を袱紗に戻し、僧侶に礼を言うと、寺院の庭先に立った。切り立つ崖の下は、七〇〇メートルほど深く掘られた谷筋になっている。対岸には、真っ直ぐ流れ落ちる白い滝筋が見えた。

　今日は六時間掛かってここまで登ってきた。重力の小さい惑星で長らく暮らしていた身にとっては、酷く耐えがたい苦行だった。

　ガイドが、暗くなる前に戻らねば、と急かしていた。雪豹や狼、物の怪が出ると怯えていた。

「来年の今頃、私たちはまたロゼッタ渓谷に戻って、例のロボットを発掘しているのよね」

「ああ。これが、われわれの人生で拝む、最期の自然の景色かもしれないな。自然の中に佇み、自然の空気を吸い、自分の肉眼で三六〇度の大自然を満喫する最後の眺めだ……」

「私は、培養肉と煩いエアコンの人工酸素で良いわ。この次、地球に降りて講演旅行する役目は、量子理論学者や、ロボット工学の専門家に任せる」

　二人は、その物体がオカリナか否かの結論は下さなかった。もしあれが生物の遺骸だとしたら、いつかオカリナと共に埋葬される日が来るだろう。だが、生物か機械かの結論が出るのは、もっと先のことだろうと思った。量子力学に基づく、画期的な非浸潤法の透視技術でも生まれない限り、あの中を覗くことはできなかった。切断することは、技術的に可能かも知れないが、それは人類のモラルが許さなかった。

　オカリナが生物か機械なのか、未だに結論は出なかった。


〈下巻へ続く〉

ご感想・ご意見は
下記中央公論新社住所、または
e-mail：cnovels@chuko.co.jpまで
お送りください。

C★NOVELS

パラドックス戦争《ウォー》　上《じょう》
——デフコン3

2023年6月25日　初版発行

著　者　大石《おおいし》　英司《えいじ》
発行者　安部　順一
発行所　中央公論新社
〒100-8152　東京都千代田区大手町1-7-1
電話　販売　03-5299-1730　編集　03-5299-1930
URL https://www.chuko.co.jp/

DTP　平面惑星
印　刷　三晃印刷（本文）
大熊整美堂（カバー・表紙）
製　本　小泉製本

Published by CHUOKORON-SHINSHA, INC.
Printed in Japan　ISBN978-4-12-501466-1 C0293
定価はカバーに表示してあります。落丁本・乱丁本はお手数ですが小社販売部宛お送り下さい。送料小社負担にてお取り替えいたします。

台湾侵攻 3
電撃戦

大石英司

台湾鐵軍部隊の猛攻を躱した、軍神雷炎擁する人民解放軍第164海軍陸戦兵旅団。舞台は、自然保護区と高層ビル群が隣り合う紅樹林地区へ。後に「地獄の夜」と呼ばれる最低最悪の激戦が始まる！

ISBN978-4-12-501449-4 C0293　1000円　カバーイラスト　安田忠幸

台湾侵攻 4
第2梯団上陸

大石英司

決死の作戦で「紅樹林の地獄の夜」を辛くも凌いだ台湾軍。しかし、圧倒的物量を誇る中国第２梯団が台湾南西部に到着する。その頃日本には、新たに12発もの弾道弾が向かっていた——。

ISBN978-4-12-501451-7 C0293　1000円　カバーイラスト　安田忠幸

台湾侵攻 5
空中機動旅団

大石英司

驚異的な機動力を誇る空中機動旅団の投入により、台湾中部の濁水渓戦線を制した人民解放軍。人口300万人を抱える台中市に第２梯団が迫る中、日本からコンビニ支援部隊が上陸しつつあった。

ISBN978-4-12-501453-1 C0293　1000円　カバーイラスト　安田忠幸

台湾侵攻 6
日本参戦

大石英司

台中市陥落を受け、ついに日本が動き出した。水陸機動団ほか諸部隊を、海空と連動して台湾に上陸させる計画を策定する。人民解放軍を驚愕させるその作戦の名は、玉山（ユイシャン）——。

ISBN978-4-12-501455-5 C0293　1000円　カバーイラスト　安田忠幸

表示価格には税を含みません

台湾侵攻 7
首都侵攻

大石英司

時を同じくして、土門率いる水機団と“サイレント・コア”部隊、そして人民解放軍の空挺兵が台湾に降り立った。戦闘の焦点は台北近郊、少年烈士団が詰める桃園国際空港エリアへ――！

ISBN978-4-12-501458-6 C0293　1000円　カバーイラスト　安田忠幸

台湾侵攻 8
戦争の犬たち

大石英司

奇妙な膠着状態を見せる新竹地区にサイレント・コア原田小隊が到着、その頃、少年烈士団が詰める桃園国際空港には、中国の傭兵部隊がＡＩ制御の新たな殺人兵器を投入しようとしていた……

ISBN978-4-12-501460-9 C0293　1000円　カバーイラスト　安田忠幸

台湾侵攻 9
ドローン戦争

大石英司

中国人民解放軍が作りだした人工雲は、日台両軍を未曾有の混乱に陥れた。そのさなかに送り込まれた第３梯団を水際で迎え撃つため、陸海空で文字どおり〝五里霧中〟の死闘が始まる！

ISBN978-4-12-501462-3 C0293　1000円　カバーイラスト　安田忠幸

台湾侵攻10
絶対防衛線

大石英司

ついに台湾上陸を果たした中国の第３梯団。解放軍を止める絶対防衛線を定め、台湾軍と自衛隊、“サイレント・コア”部隊が総力戦に臨む！　大いなる犠牲を経て、台湾は平和を取り戻せるか！

ISBN978-4-12-501464-7 C0293　1000円　カバーイラスト　安田忠幸